LE
TESTAMENT
DE
CÉSAR GIRODOT

COMÉDIE

EN TROIS ACTES, EN PROSE

PAR

MM. Adolphe BELOT & Edmond VILLETARD

CINQUIÈME ÉDITION

PARIS

J. BARBRÉ, LIBRAIRE-ÉDITEUR

12, BOULEVARD SAINT-MARTIN, 12

LE TESTAMENT

DE

CÉSAR GIRODOT

COMÉDIE

Représentée pour la première fois, à Paris, sur le second Théâtre-
Français (Odéon), le 30 septembre 1859

Paris. — Typographie Morris et Cie, rue Amelot, 64

LE TESTAMENT

DE

CÉSAR GIRODOT

COMÉDIE

EN TROIS ACTES, EN PROSE

PAR

Adolphe BELOT & Edmond VILLETARD

PARIS

J. BARBRÉ, LIBRAIRE-ÉDITEUR

12, BOULEVART SAINT-MARTIN, 12

1865

A

Monsieur Camille Doucet

Dérobant à vos hautes occupations et à vos travaux littéraires
un temps précieux, vous avez bien voulu vous intéresser à nos
efforts. Nous devons en grande partie à votre bienveillant
concours et à vos excellents conseils la faveur avec laquelle
le public a accueilli cet essai de comédie. Nous croyons remplir
un devoir en vous en offrant la dédicace, et nous saisissons avec
empressement cette occasion de vous donner un témoignage de
notre profonde reconnaissance.

Nous avons l'honneur d'être,

Monsieur,

Vos très-humbles et très-obéissants serviteurs.

Adolphe BELOT,
Edmond VILLETARD.

Nous croirions n'avoir qu'imparfaitement acquitté notre dette de reconnaissance, si nous ne nous empressions de joindre à cette dédicace nos sincères et chaleureux remerciments :

A M. DE LA ROUNAT, directeur de l'Odéon, qui, après avoir eu le rare courage de recevoir une pièce signée de noms inconnus, a bien voulu la mettre immédiatement à l'étude et la monter avec le plus grand soin ;

A M. TISSERANT, dont les excellents conseils, joints à ceux de M. DE LA ROUNAT, nous ont été si puissamment utiles ;

A M. PIERRON, qui, dans la mise en scène si difficile et si importante de cette pièce, a déployé un talent hors ligne que tout le monde s'est plu à reconnaître ;

Aux Artistes, enfin, qui, par le talent exceptionnel dont ils ont fait preuve en donnant à chacun de nos personnages une physionomie distincte et originale, ont droit à la plus large part dans le succès de cet ouvrage.

PERSONNAGES

LEHUCHOIR............................... MM. Saint-Léon.
MASSIAS...................................... Harville.
ISIDORE...................................... Kime.
CÉLESTIN, son fils........................... Febvre.
FÉLIX.. Rey.
LANGLUMEAU .... Demassy.
LE NOTAIRE .... Étienne.
LUCIEN....................................... Marck.
1er Domestique........................... Scipion.
2me Domestique........................... Ernest.
PAULINE.............................. Mmes A. Mosé.
CLÉMENTINE................................... Picard.
HORTENSE..................................... Bertin.

S'adresser pour les détails de la mise en scène, à M. **Poulet**,
souffleur-bibliothécaire du théâtre.

LE TESTAMENT

DE

CÉSAR GIRODOT

ACTE PREMIER

Un salon. Ameublement d'un luxe sévère et un peu suranné. Guéridon au milieu ; placards d'armoire au premier plan, à droite et à gauche. Au mur, à gauche du spectateur, le portrait de César Girodot. Au fond, à droite, une croisée ; du même côté, une cheminée au second plan. Pendule, candélabres. Porte au fond donnant sur une antichambre. Porte latérale à gauche donnant dans la chambre à coucher de César.

SCÈNE PREMIÈRE

ISIDORE, CLÉMENTINE. *

ISIDORE, tenant entr'ouverte la porte par laquelle il est entré et s'adressant au domestique dans l'antichambre.

Vous êtes un impertinent... un insolent!...

CLÉMENTINE, cherchant à le calmer.

Mon ami...

ISIDORE.

Un drôle! (Il ferme la porte.) Ces valets sont d'une impertinence!...

* Toutes les indications sont prises de la salle. Le premier personnage inscrit tient toujours la gauche du spectateur. — Les changements de place sont indiqués par des astérisques.

1

CLÉMENTINE.

Mais, mon cher Isidore, celui-ci ne t'a rien dit.

ISIDORE.

Il n'aurait plus manqué que ça! mais il m'a regardé d'un air... Et tout cela, parce qu'au lieu de descendre d'une belle voiture, je suis venu à pied... parce qu'au lieu d'être sous-chef à mon bureau, je ne suis qu'un employé! un simple employé!...

CLÉMENTINE, d'un ton doucereux.

Mon ami, sachons nous résigner à notre sort... d'autant plus qu'il va bientôt changer... Encore quelques instants de patience, et ce testament, dont nous venons entendre la lecture, nous enrichira pour toujours.

ISIDORE.

Oh! être riche! me venger de tous les affronts que l'on me fait subir depuis si longtemps!... tous ces gens qui m'ont offensé, pouvoir enfin les humilier à mon tour!

CLÉMENTINE.

Mon ami, il serait plus chrétien de leur pardonner et même de les protéger!

ISIDORE, passant à droite.

Les protéger! *

CLÉMENTINE.

Oui!... en le leur faisant un peu sentir...

ISIDORE.

Ils n'ont pas de cœur; ils ne le sentiraient pas... non! pas de ménagements! Je me vengerai de tout le monde, (repassant à gauche **) de tout le monde... entends-tu même de mes parents, qui ne se sont jamais bien con-

* Clémentine, Isidore.
** Isidore, Clémentine.

duits avec moi ! Dire qu'ils vont sans doute hériter
comme moi. Ah ! tiens, Clémentine, vois-tu... (Il lève vio
lemment la chaise à gauche.

CLÉMENTINE, l'arrêtant vivement.

Prends donc garde, mon ami ! ces meubles...

ISIDORE, reposant doucement la chaise.

C'est juste.... Ils peuvent nous appartenir. Ah ! il y a
des moments où je donnerais deux années de ma vie,
là.... sans marchander... deux années... pour hériter
seul, pour être riche... seul, ou seulement pour avoir été
avantagé, bien avantagé à leur préjudice. (Il s'assied sur le
fauteuil à gauche.)

CLÉMENTINE.

Le fait est que si tout le monde est riche autour de
soi, on n'est plus riche... ou du moins on ne jouit pas
du plaisir de l'être...

ISIDORE.

Parbleu ! crois-tu que l'oncle César ait pensé à cela ?

CLÉMENTINE.

C'est possible, mon ami, mais permets-moi une observation : avant que la succession soit liquidée, que nous
ayons touché la part qui nous revient, il s'écoulera encore plusieurs mois !... Il serait peut-être imprudent de
n'être pas aimable avec nos parents, avec ton frère Félix,
par exemple, à qui nous sommes obligés d'avoir quelquefois recours.

ISIDORE.

Être aimable avec lui, à quoi bon ? Ne le trouves-tu pas
déjà assez heureux de pouvoir nous écraser de ses bienfaits ?...

CLÉMENTINE.

Résignons-nous à les accepter ! Dieu seul est juge des
intentions.

ISIDORE.

Comme on est bien dans ces fauteuils-là!... Pourvu que César nous ait laissé son mobilier!

CLÉMENTINE.

Il est un peu vieux...

ISIDORE.

Il est encore excellent. (Il se baisse et regarde les pieds du fauteuil.) Les bois ne sont pas piqués.

CLÉMENTINE, même jeu.

Et l'étoffe n'est pas trop usée... ça se vendra encore très-bien!...

ISIDORE, qui se dirige vers la cheminée, au fond à droite.

La pendule est magnifique.

CLÉMENTINE.

Elle vaut au moins cinq cents francs.

ISIDORE.

Et les candélabres, comme ils sont lourds! l'oncle César ne se refusait rien... tandis que moi... son neveu!... (Il descend à droite.)

CLÉMENTINE, examinant les meubles, au fond à droite.

Que veux-tu, mon ami? Ton oncle était un vieux garçon, et les vieux garçons...

ISIDORE.

Oui, oui, ils ont tous les avantages... en première ligne celui de n'être pas mariés!...

CLÉMENTINE, descendant en scène, à gauche*.

Oh!... Isidore! Dis-moi, mon ami, pendant que nous sommes encore seuls, si nous jetions un coup d'œil dans les armoires, pour nous rendre un compte exact; c'est notre droit, puisque nous sommes héritiers naturels.

* Clémentine, Isidore.

ISIDORE, qui se dirige vers une armoire qu'il ouvre à droite.

Voyons, voyons! si ces domestiques n'ont rien volé.

CLÉMENTINE.

Nous avons eu tort, vois-tu, de ne pas faire poser les scellés!...

ISIDORE, qui fouille dans l'armoire à droite.

Ça, ce sont des vieux livres... des manuscrits... mon oncle écrivaillait beaucoup... si ce lot nous échoit nous pourrons nous arranger avec Félix, qui nous en cédera un autre.

CLÉMENTINE, qui regarde dans l'armoire de gauche.

Celui-là, par exemple, c'est du linge de table, du linge damassé qui a dû coûter bien cher dans le temps... (Elle sent l'odeur du linge.)

SCÈNE II

CLÉMENTINE, MASSIAS, FÉLIX, ISIDORE. (Massias et Félix entrent par le fond et surprennent Clémentine et Isidore qui s'éloignent confus.)

MASSIAS, du fond.

Tiens, tiens... (Bas à Félix.) Ils ne perdent pas leur temps, vos chers parents... Madame, je suis votre serviteur; tout y est-il?

ISIDORE, à part.

Au diable les importuns!

CLÉMENTINE.

Quoi, monsieur?

MASSIAS.

Ne manque-t-il rien dans les armoires?

CLÉMENTINE.

Mais... monsieur... croyez... (A part.) Diable d'homme, va!

MASSIAS.

Eh bien, cher monsieur Isidore, nous avons obtenu un petit congé aujourd'hui pour cette lecture?

ISIDORE, en colère.

Un congé! un congé! mais, monsieur, je ne suis plus un collégien pour avoir un congé!...

MASSIAS.

Oh! pardon! pardon... je ne savais pas vous offenser. (Il se rapproche de Félix, qui est près de la cheminée, à droite.)

ISIDORE, allant à Clémentine. *

Ce monsieur Massias! encore un qui se moque de nous, qui nous insulte!

CLÉMENTINE.

Comment se trouve-t-il ici? il n'est pas de la famille.

ISIDORE.

Est-ce qu'il aurait un legs par hasard?

CLÉMENTINE.

C'est bien possible! un souvenir, peut-être?

FÉLIX, bas à Massias.

Je suis désolé qu'ils nous aient devancés, moi qui espérais me trouver seul ici avec vous pour causer de lui.

MASSIAS.

Je vais les renvoyer. (A Isidore qui est remonté avec sa femme vers le fond, à gauche.) Monsieur Isidore vous n'avez pas fait votre petite inspection dans les autres pièces, il ne faut pas que notre présence vous gêne... allez... allez!...

ISIDORE, revenant furieux.

Monsieur!

CLÉMENTINE, arrêtant son mari.

Laisse, mon ami, laisse... (Descendant vers Massias. **) Monsieur,

* Clémentine, Isidore ; Massias et Félix au second plan, à droite.
** Isidore, Clémentine, Massias, Félix

nous sommes trop heureux de voir, en un jour comme
celui-ci, le meilleur ami de notre oncle, pour ne pas
désirer rester auprès de lui...

MASSIAS.

Oh! nous nous reverrons! nous nous reverrons.

FÉLIX.

Nous allons être tous réunis dans un instant.

ISIDORE.

C'est ça, toi aussi, tu veux te débarrasser de nous,
dis-le tout de suite... nous te gênons... Oh! mon Dieu!
ce ne sera pas la première fois...

FÉLIX.

Mais, mon frère!...

ISIDORE, allant à Félix. *

Oui, oui, je sais ce que je veux dire. Pas plus
tard qu'avant-hier, tu n'as pas été fâché de nous
évincer.

FÉLIX.

Vous évincer?

ISIDORE.

Certainement... tu avais un grand dîner... un dîner
de savants... de chimistes comme toi... de membres de
l'Institut parmi lesquels j'aurais fait bien peu d'effet,
moi qui n'ai pas le plus petit bout de ruban à la bou-
tonnière; mais la place d'un frère n'est-elle pas toujours
à la table de son frère? Eh bien! non, tu n'a pas jugé à
propos de nous inviter; tu nous as laissés, Clémentine
et moi, chez nous, à nous ennuyer.

CLÉMENTINE, à Isidore.

Ah! mon ami!

* Clémentine, Massias, Isidore, Félix.

ISIDORE.

Oui, je le répète, à nous ennuyer ! Est-ce ainsi que tu devrais nous traiter ?

FÉLIX.

Mon Dieu, je ne vous ai pas invités, tout simplement parce que ma table n'était pas assez grande.

CLÉMENTINE.

On aurait pu mettre une rallonge, mon frère.

ISIDORE.

Deux rallonges, s'il le fallait.

MASSIAS.

Et reculer les murs de la salle à manger.

ISIDORE.

Et reculer les murs... que dites-vous donc là, vous ?

MASSIAS.

Rien... (Lui présentant sa tabatière.) En usez-vous ?

ISIDORE, il prend une prise, puis la jette.

Merci. (Retournant à sa femme qu'il entraîne vers la porte à gauche.)* Tiens... allons-nous-en, le calme de cet homme m'exaspère.

MASSIAS.

Monsieur Isidore, vous qui êtes un peu artiste, je vous recommande de bien examiner le tableau que l'on attribue à Murillo... le cadre est très-beau !...

ISIDORE, se retournant furieux.

Morbleu !...

CLÉMENTINE, calme de nouveau son mari et descend rapidement près de Massias, se mettant devant lui et lui faisant une profonde révérence.

Je vous rends grâce de toutes vos bontés, monsieur. (Elle se retourne encore sur le seuil pour faire une seconde révérence et sort furieuse.)

* Clémentine, Isidore, Massias, Félix.

SCÈNE III

MASSIAS, FÉLIX.

FÉLIX.

Vous les malmenez un peu trop, mon cher Massias, la gêne continuelle dans laquelle ils vivent les a rendus... (Il s'assied à l'extrême droite.)

MASSIAS.

Ne me parlez donc pas de la gêne de ces gens-là... Ils sont plus riches que vous, qui donnez à tort et à travers tout l'argent que vous gagnez. Mais profitons du moment qui nous est laissé. (Il prend la chaise qui se trouve en face de la table du milieu, l'avance, et s'assied en face de Félix.) C'est là, là... comme autrefois. Lui, il est assis sur ce fauteuil entre nous deux, il nous écoute en tisonnant le feu ou en frottant ses pauvres jambes roidies par les rhumatismes et la goutte.

FÉLIX.

Ou bien, il était là, tenez... assis près de cette table et tenant un journal... son vieux domestique, qui pleurait tout à l'heure dans l'antichambre et à qui je n'ai pu m'empêcher de tendre la main, annonçait monsieur Félix Girodot et mademoiselle Pauline... aussitôt, il laissait son journal, il déposait ses lunettes et si, ce jour-là, il ne se sentait pas la force de se soulever pour nous recevoir, il nous saluait au moins d'un geste et d'un sourire... Sa petite-nièce courait l'embrasser... il la faisait asseoir à côté de lui, il s'amusait comme un enfant à écouter son bavardage, puis il savait lui donner mille bons conseils sous une forme si gaie, qu'elle éclatait de rire... tout en faisant son profit de ces petites leçons... Il avait une bonté si aimable, une sagesse si spirituelle !...

MASSIAS.

Son esprit était parfois mordant. Il savait jouer de bons tours à ceux de ses parents qu'il n'aimait pas... La plupart d'entre eux le redoutaient fort.

FÉLIX.

Oui, il avait à tâche de ne jamais laisser passer inaperçues une sottise ou une méchanceté.

MASSIAS.

Et Dieu sait quelle peine cela lui donnait !

FÉLIX.

Ah ! décidément la famille de mon pauvre oncle n'est pas en odeur de sainteté auprès de vous !

MASSIAS, se levant et replaçant son siége.

Si, mon cher Félix, il est plusieurs d'entre vous que j'aime beaucoup ; vous d'abord, malgré tous vos défauts.

FÉLIX, se levant et traversant la scène. *

Merci !...

MASSIAS, allant lui serrer la main.

Puis, votre charmante fille ; puis, votre cousine Hortense, qui n'a qu'un tort à mes yeux, celui d'être la femme de monsieur Lebuchoir ; enfin, Lucien de Rouvres...

FÉLIX.

Lucien ? vous m'y faites penser, il devrait être ici.

MASSIAS.

Il n'habite donc plus la campagne ?

FÉLIX.

Il est à Paris depuis quelques jours... Ce matin, comme j'allais commencer une expérience importante, il est

* Félix, Massias.

entré dans mon laboratoire et m'a dit qu'il voudrait me
parler avant la lecture du testament... Je n'avais pas le
temps de l'écouter ; aussi, lui ai-je donné rendez-vous
de bonne heure, ici... (Il s'éloigne vers l'extrême gauche.)

MASSIAS.

Et le voici, sans doute... Allons! allons! je suis très-
content de revoir ce brave garçon-là... En usez-vous ?

SCÈNE IV

LUCIEN, MASSIAS.

LUCIEN, venant du fond, à Félix, lui serrant la main.

Ah! mon cher cousin... (Allant à Massias.) Mon cher Massias... vous allez bien ?

MASSIAS.

Parfaitement! j'ai enterré mon pauvre César ; je vous
enterrerai tous !

LUCIEN.

J'y compte.

MASSIAS.

Ah çà! vous avez à causer avec Félix... Je vais voir
de l'autre côté si monsieur Isidore ne casse rien. (Il remonte d'un pas.)

LUCIEN, le retenant.

Restez, je vous en prie... vous pouvez entendre ce
que je vais dire à mon cousin, et s'il éprouvait quelque embarras pour me répondre...

MASSIAS.

Oh! soyez tranquille, il en éprouvera.

FÉLIX.

Mais c'est donc bien grave ce que tu as à me dire,
Lucien ?

LUCIEN.

Très-grave, car il s'agit du bonheur de toute ma vie
et d'une question qui intéresse au plus haut point celle
que vous aimez le plus au monde, votre fille !

FÉLIX.

Ma fille !

LUCIEN.

Ma cousine Pauline, que j'aime, et dont je viens vous
demander la main.

MASSIAS, à part.

Nous y voilà. (Il remonte s'asseoir auprès de la cheminée à droite
dans un voltaire et prend un journal.)

FÉLIX.

Tu aimes Pauline ?

LUCIEN.

Oui, depuis le dernier voyage que j'ai fait à Paris,
quand j'ai retrouvé une charmante jeune fille là où j'a-
vais laissé une mutine enfant, quand j'ai pu reconnaître
une femme accomplie dans celle que je n'avais regardée
jusqu'ici que comme une petite cousine !...

FÉLIX.

Mais comment se fait-il que tu sois reparti pour la
campagne, et que pendant plus de trois mois nous
n'ayons plus entendu parler de toi ?

LUCIEN.

Depuis longtemps je ne me croyais plus capable d'aimer !... aussi ne me suis-je pas rendu compte tout d'a-
bord du sentiment que j'éprouvais ; mais bientôt il m'a
fallu reconnaître que je m'étais laissé toucher jusqu'au
cœur par les grâces naïves de votre fille, par son esprit,
par l'attachement qu'elle vous témoigne... J'ai essayé
d'éloigner son souvenir; je n'ai pu y parvenir !... Alors

je suis revenu à Paris, j'ai retrouvé tout ce que j'avais
inutilement voulu oublier ; on était toujours charmante,
on avait seulement un peu grandi de toutes les façons. Je
me suis épris de plus en plus, et je viens aujourd'hui
vous dire ce que vous savez...

FÉLIX.

Et Pauline sait-elle ?

LUCIEN.

Oh ! je n'ai rien dit à Pauline, rien essayé de lui faire
comprendre ; elle se doute peut-être, mais je n'ai rien
fait pour cela.

FÉLIX.

Et t'aime-t-elle, elle ?

LUCIEN.

Je l'ignore... je ne pouvais pas le lui demander.
(A Félix qui réfléchit.) Eh bien ! mon cousin, que me répon-
drez-vous ?

FÉLIX.

Mais, mon cher ami, je suis très-heureux ; oui, certes,
très-heureux. Je t'aime beaucoup, je fais grand cas de
toi ; j'avais de la vénération pour ta pauvre mère qui
n'est plus ; mais tu dois comprendre toi-même, quand il
s'agit d'une chose aussi grave, il faut réfléchir, examiner, prendre son temps ! n'est-ce pas monsieur Massias ?

MASSIAS.

Sans doute, sans doute, prenez votre temps ; c'est fort
embarrassant de se décider à quelque chose... dire oui,
c'est presque aussi difficile que dire non.

LUCIEN, à Félix.

Mais enfin, voyez-vous un obstacle à ce mariage ?

FÉLIX.

Non, non... pas positivement. Je ne crois pas, du moins.

LUCIEN.

Et vous, monsieur Massias ?

MASSIAS.

Moi, puisque vous me consultez, je vous adresserai simplement une question. (Il se lève et descend en scène.) Pourquoi faire cette demande ici même, et ce matin ?

FÉLIX.

Oui, mon ami, réponds à monsieur Massias.

LUCIEN.

Je la fais ici, parce mon oncle César aimait beaucoup Pauline et moi, et que je me mets en quelque sorte sous sa protection dans ce salon où il a vécu si longtemps. Je la fais en ce moment, parce qu'avant une heure on va nous lire le testament de notre oncle, et que, si Pauline se trouve la mieux partagée, je ne veux pas, en venant alors seulement vous dire que je l'aime, paraître ne chercher en elle qu'une riche héritière.

FÉLIX.

Cette précaution était inutile... je te connais un homme d'honneur, Lucien !

LUCIEN.

Eh bien ! mon cousin ?

FÉLIX.

Eh bien ! je vois des difficultés... mon ami ! Pauline est jeune, je ne croyais pas la marier sitôt, je n'ai pas encore réfléchi...

MASSIAS *, remontant placer son journal à gauche de la table de Massias.

Vous réfléchirez, mon Dieu ! on ne veut pas vous prendre au collet... Mais pardon, mon cher Lucien, une observation dans l'intérêt de celle que vous aimez : il y

* Félix, Massias, Lucien.

a deux ans, vous habitiez Paris, vous sembliez aimer beaucoup le monde et les réunions de famille; tout à coup vous nous avez annoncé que le monde et Paris vous étaient devenus odieux et que vous alliez passer le reste de votre vie à la campagne... à l'ombre d'un hêtre... j'ajoute peut-être le hêtre, mais la campagne y était; nous avons accepté en gens polis les motifs qu'il vous a plu de nous donner pour expliquer vos penchants bucoliques; mais aujourd'hui, quand vous venez nous demander la main d'une jeune fille que nous voulons voir heureuse, nous avons le droit d'être moins discrets.

FÉLIX.

Massias a raison.

LUCIEN.

Je ne le nie pas.

MASSIAS.

Mais vous êtes embarrassé pour répondre; je vais vous aider... Cette aversion soudaine pour Paris ne vous avait-elle pas été inspirée par un amour violent et malheureux?

LUCIEN.

Oui !

MASSIAS.

Que vous aviez conçu pour une femme mariée?

LUCIEN.

Je l'avoue !...

MASSIAS.

Dans vos voyages à Paris l'avez-vous revue?

LUCIEN.

Non !

MASSIAS.

Tout à l'heure, quand vous la verrez entrer, car elle

ne peut manquer d'assister à cette réunion de famille...

LUCIEN.

Quoi! vous saviez qu'Hortense... vous aviez deviné ?

MASSIAS.

Que voulez-vous que l'on fasse à mon âge, si ce n'est de deviner les secrets des autres. Eh bien! êtes-vous sûr qu'à sa vue vous ne ressentirez pas votre ancienne parsion ?

LUCIEN.

J'en suis sûr !

MASSIAS.

Nous verrons cela. (Se tournant vers Félix.) A votre tour maintenant... soulevez de nouvelles difficultés, car autrement il faudrait vous décider.

FÉLIX.

Mais il en est une importante... je n'ai pas de dot à donner à ma fille, vous le savez, et Lucien n'a ni fortune ni position qui permette de vivre à Paris ou même ailleurs avec une femme et des enfants.

MASSIAS.

Et le testament que vous oubliez ?

FÉLIX.

Oh ! alors, attendons...

MASSIAS.

C'est ça, attendons! Avouez que vous êtes heureux d'avoir le droit de faire une réponse comme celle-là.

LANGLUMEAU, du dehors.

Le notaire est-il arrivé ?

MASSIAS, revenant à Lucien.

Enfin, ces chers héritiers! Si César pouvait être là... il est vrai qu'eux ils ne seraient pas ici...

SCÈNE V

FÉLIX, LANGLUMEAU, MASSIAS, LUCIEN. *

LANGLUMEAU.

Messieurs (il salue), mesdames… (Il s'arrête court au milieu du second salut.) Au fait, il n'y a pas de dames… je vous présente mes respects.

MASSIAS.

Ce cher monsieur Langlumeau ! vous avez donc pu vous arracher aux charmes de Pontivy ?

LANGLUMEAU.

Ah ! ça m'a bien dérangé, parce nous sommes en train de couper nos foins… si ces affaires-là avaient pu arriver en hiver !

MASSIAS.

Vous avez raison, je ne comprends pas qu'on meure en été… c'est d'un égoïsme !…

LANGLUMEAU, naïvement.

Ah ! oui ! (A Félix.) Comment, monsieur Girodot, vous n'avez pas amené votre demoiselle ?

FÉLIX.

Elle va venir avec sa cousine Hortense.

LANGLUMEAU, apercevant Clémentine qui vient de gauche.

Ah ! voilà des dames. (Allant à Clémentine.) Chère cousine !… (D'un ton pénétré.) Notre pauvre cousin, quand je songe qu'il y a un an, pas plus d'un an, j'ai encore diné avec lui !…

CLÉMENTINE.

Souvenir cruel !

* Félix, Langlumeau, Massias, Lucien.

LANGLUMEAU.

Croiriez-vous qu'il a repris trois fois du homard?

CLÉMENTINE, elle remonte au fond. Lucien va la consoler. *

Il y a de ces coups dont rien ne console.

LANGLUMEAU.

Pauvre César! quelle cave il possédait!... Tous vins des premiers crus!... Ah! je ne suis qu'un paysan, qu'un Breton de Pontivy; mais, voyez-vous, pour bénir la mémoire d'un pareil parent, j'ai un cœur, oui, un cœur...

MASSIAS.

Et un estomac!

LANGLUMEAU.

Et un estomac. (On rit.) Hein? (Prenant Massias à part.*) Dites-moi donc, sa ferme du Clousicq, vous savez, qui est enclavée dans mes terres... croyez-vous que dans son testament il ait pensé... (Ils causent bas.)

CLÉMENTINE, à Lucien.

Oh! ne vous gênez pas! ne vous gênez pas! vous viendrez nous voir quand vous pourrez; il ne faut pas faire de façons avec Isidore et moi... nous ne sommes pas susceptibles...

LANGLUMEAU, à Clémentine.

Qu'avez-vous donc fait de ce cher Isidore, belle cousine?

CLÉMENTINE.

Il est là, dans la chambre de César.

LANGLUMEAU, avec inquiétude.

Tout seul?

CLÉMENTINE.

Oui, il est assez grand pour... (Retenant Langlumeau qui

* Félix, Clémentine et Lucien, au fond; Langlumeau, Massias.

court à la chambre de gauche.) Eh bien ! où allez-vous donc?

LANGLUMEAU.

Je vais lui serrer la main. (Il sort à gauche.)

MASSIAS, à part.

Au fait, les armoires sont ouvertes... Déjà quatre heures!... Il y a beaucoup de retardataires; c'est étonnant !

PAULINE, du dehors.

Mon père doit être ici.

HORTENSE, du dehors.

Vous croyez?

FÉLIX, allant au-devant des dames.

Je reconnais les voix de ma fille et d'Hortense.

MASSIAS, bas à Lucien qui est revenu vers lui à l'extrême gauche.

Le passé et l'avenir.

SCÈNE VI

CLÉMENTINE, FÉLIX, PAULINE, HORTENSE, LUCIEN, MASSIAS.

HORTENSE, à part, avec émotion.

Lucien !

PAULINE, qui court à son père, à Massias et à Lucien, près de qui elle passe.

Bonjour, Lucien ! bonjour, monsieur Massias !...

MASSIAS.

Bonjour, bonjour, petite fille !

PAULINE, lui faisant la moue pendant qu'elle embrasse son père.

Petite fille ! fi ! le vilain méchant ! (Elle se dirige vers Clémentine, qu'elle embrasse.)

CLÉMENTINE. *

C'est moi qu'on embrasse la dernière, c'est tout naturel !

* Clémentine, Pauline, Félix, Massias, tous deux au second plan; Hortense, Lucien.

LUCIEN, à Hortense, dont il s'est approché.

Voici bien longtemps que je n'ai eu le plaisir de vous voir, ma cousine ; est-ce que vous ne me donnerez pas la main ? (Hortense lui tend la main.)

FÉLIX, bas à Massias.

Comme elle est émue !

MASSIAS, bas à Félix.

Mais il est calme, lui !

CLÉMENTINE, s'avançant vers Hortense. *

Qu'avez-vous donc, chère amie, vous êtes toute pâle ?

HORTENSE.

Moi ! pas du tout... (Elle remonte vers la croisée au fond à droite.)

CLÉMENTINE, à part.

Oh ! j'avais bien deviné autrefois ! (Elle va près d'Hortense. Au moment où elle passe près de Massias, il lui offre une prise de tabac.)

LUCIEN, à Massias, qui revient près de lui.

Eh bien ?

MASSIAS **, bas à Lucien.

Vous êtes guéri... mais elle ne l'est pas !...

LUCIEN, haut.

Chère Pauline... vous...

PAULINE.

Voilà que tu me dis encore... vous... je te l'avais défendu, pourtant.

LUCIEN.

Je ne le ferai plus !...

PAULINE, passant devant son père.

A la bonne heure, il faut être obéissant avec sa petite

* Pauline, Félix, Massias, au second plan ; Clémentine, Hortense, Lucien.

** Pauline, Félix, Clémentine, Hortense, près la fenêtre ; Massias, Lucien.

cousine... Dis-moi, Lucien, nous n'aurons plus l'occasion
de revenir souvent ici... Je voudrais revoir la chambre
de mon oncle... viens avec moi.

LUCIEN.

Volontiers.

PAULINE.

Mon père, monsieur Massias, suivez-nous.

MASSIAS.

Où?

PAULINE, montrant la chambre à gauche.

Là, nous parlerons de notre ami... nous l'aimions
tous.

MASSIAS, l'embrassant.

Chère enfant !

PAULINE.

Il me semble que c'est encore lui.

MASSIAS, prenant Lucien.

Est-elle gentille !... (Au moment où ils sortent, Célestin et Lehuchoir entrent par le fond.)

SCÈNE VII

CÉLESTIN, HORTENSE, LEHUCHOIR, CLÉMENTINE.

CÉLESTIN, à Lehuchoir.

Les Mouzaïa ont fait prime... dont dix... *Good mor-
ning, haou do you do*, mes chers parents? (Hortense vient
à lui.)

LEHUCHOIR.

Tiens! ce n'est pas encore commencé! (A Hortense, d'un
ton bourru.) Qu'est-ce que vous me disiez donc que cette
réunion était pour quatre heures? (Célestin va se mirer dans
la glace à droite sur la cheminée.)

* HORTENSE.

En effet, on n'attendait plus que vous et le notaire.

LEHUCHOIR.

Eh bien ! me voici, moi ! où est ce notaire ? Ne va-t-il pas falloir lui envoyer ma voiture et mes chevaux pour qu'il se rende ici ?... Il s'imagine donc que je vais l'attendre ?...

CLÉMENTINE.

Mon Dieu ! mon cher cousin, nous l'attendons bien.

LEHUCHOIR.

Vous ! vous ! avec cela que votre temps est précieux ! Moi, j'ai à surveiller une armée d'ouvriers qui mangent mon argent et qui perdent mon temps pendant que je suis ici... Où se sont-ils donc tous fourrés ?... (Hortense lui montre la chambre à gauche.) Dans la chambre de César ?... (Il court rejoindre Isidore dans la chambre à gauche.)

CLÉMENTINE, à Hortense.

Eh bien !... il est gentil, votre mari ! il est surtout bien doux et bien poli !...

HORTENSE.

Je vous demande pardon pour lui !... il ne dépend pas de moi de le changer !...

CÉLESTIN*, qui s'est regardé dans la glace, a arrangé son nœud de cravate et s'est dandiné, revient en scène.

Quant à moi, il ne faut pas m'en vouloir d'être en retard : je reviens du bois, où j'ai rencontré mon ami Williams... qui m'a mené faire une petite visite à miss Lovely...

CLÉMENTINE, scandalisée. **

Ah !... mon fils !... épargnez à nos oreilles ces confidences immorales.

* Hortense, Clémentine, Célestin.
** Hortense, Célestin, Clémentine.

CÉLESTIN, entre les deux dames.

Immorales!... Ah! très-joli!... Mais miss Lovely, c'est une pouliche, ma mère, une pouliche!... (A Hortense.) Allez-vous au pré Catelan ce soir, belle cousine?...

HORTENSE.

Je l'ignore!... On ne complote pas d'aller au pré Catelan.

CÉLESTIN.

Je compte beaucoup m'y amuser... il y a une fête de nuit.

CLÉMENTINE, le retournant brusquement.

Mais, mon fils, vous n'avez pas les moyens d'aller au pré Catelan.

CÉLESTIN.

Pardon, j'en ai plusieurs... le chemin de fer d'Auteuil, celui de Suresnes, et les voitures de mes amis!

CLÉMENTINE, levant les yeux au ciel.

Oh! mon Dieu!..

CÉLESTIN, à Hortense.

Je vous prie de m'excuser de n'être pas venu hier à votre petit raoût!

HORTENSE.

Raoût? Vous voulez dire ma petite réunion de famille?

CÉLESTIN.

Oui! oui, votre petit raoût de famille!... Mais je faisais une bouillotte au cercle, et je ne pouvais plus m'en aller.

CLÉMENTINE.

Écouter des choses semblables!...

HORTENSE.

Quoi?... Célestin, vous faites partie d'un cercle?

CÉLESTIN.

Oui, oui, un très-bon cercle. il est très-difficile d'y entrer.

CLÉMENTINE.

Et d'en sortir, à ce qu'il paraît.

HORTENSE.

Un cercle vicieux, alors?

CÉLESTIN.

Brava! brava!...

CLÉMENTINE, tirant Célestin de son côté, bas et vivement

Mais vous ne cesserez donc pas de singer toujours la fortune?

CÉLESTIN.

Mon père et vous, ma mère, passez votre vie à singer la pauvreté... j'établis une juste compensation. (Il retourne se mirer à la même glace.)

CLÉMENTINE, après avoir levé les épaules, avec humeur.

Quel enfant!... (Se rapprochant d'Hortense en courant.) Ne voulez-vous pas vous débarrasser, de l'autre côté, de votre chapeau? Vous avez l'air de faire une visite; nous sommes ici chez nous, après tout.

HORTENSE.

Allons! (Elle remonte à gauche.)

CLÉMENTINE.

Tiens!... mais vous n'êtes pas en deuil.

HORTENSE.

Je vous demande pardon... C'est le deuil d'un oncle et d'un cousin.

CLÉMENTINE.

Oh! ce n'est pas un reproche... moi je porte du mérinos par économie.

HORTENSE.

A propos, chère cousine, j'ai vu tout à l'heure aux

Filles de France une charmante robe avec laquelle vous pourriez faire votre demi-deuil; j'ai dit de l'apporter chez vous.

CLÉMENTINE.

Y pensez-vous? mais je n'ai pas d'argent.

HORTENSE.

Vous me permettrez de vous l'offrir. (Elle remonte vers la porte à gauche).

CLÉMENTINE.

Vraiment!... Ah! que vous êtes bonne!... (A part.) M'offrir une robe!... quelle humiliation! (Haut en s'éloignant avec Hortense.) Combien a-t-elle de mètres?

HORTENSE.

Douze!... grande largeur.... Vous aurez assez pour les volants.

CLÉMENTINE.

Oh! des volants! dans ma position!... (En sortant à gauche elle veut faire passer la première Hortense, qui refuse, après un combat de politesse exagérée.)

CÉLESTIN, qui allait sortir aussi, reste dans le salon en voyant Félix.

Voici mon oncle!... Justement j'ai à lui parler.

SCÈNE VIII

ISIDORE, FÉLIX, CÉLESTIN.

CÉLESTIN, s'avançant vers Félix.

Mon cher oncle!... je ne vous ai pas encore serré la main.

FÉLIX.

Bonjour, mon ami, bonjour!... (A Isidore, qui s'est assis à gauche.) Eh bien! es-tu content de ce grand garçon-là?

ISIDORE.

Il me coûte un argent fou.

CÉLESTIN, à part.

Parlons-en!... vingt-cinq francs par mois.

ISIDORE.

Il m'a fallu faire mille *sacrifices* pour son éducation.

CÉLESTIN, à part.

Oh! j'avais une bourse au collége.

ISIDORE.

Et maintenant, qu'il est grand... il faut l'habiller...

CÉLESTIN, allant à Isidore.

C'est Dussautoy qui m'habille.

ISIDORE, bas.

Tais-toi donc!... (haut.) Il faut le produire dans le monde.

CÉLESTIN.

Papa, je me produis bien tout seul.

ISIDORE, bas à son fils qui s'éloigne.

Veux-tu bien te taire! (haut.) Il doit tenir son rang dans l'étude d'avoué où je l'ai placé, suivant tes conseils.

FÉLIX.

Oui, oui... il faut un peu semer pour récolter...

ISIDORE.

Hélas!... il y a des moments où on ne peut plus semer.

FÉLIX, allant à Isidore.

Tu es gêné?

ISIDORE.

Plus que gêné!...

CÉLESTIN, en remontant vers la cheminée.

Ah!... il veut lui emprunter de l'argent... J'arriverai trop tard, moi!...

FÉLIX.

Mais alors, mon ami, il faut t'adresser à moi. Que

veux-tu? Je ne suis pas bien riche... mais il ne sera pas dit... Voyons, que te faut-il?

ISIDORE.

Non, non... je ne puis... ce serait abuser...

FÉLIX.

Nullement!... Viens demain... nous arrangerons cela. (Il va vers Célestin, qui s'est accoudé à la cheminée dans l'attitude la plus sombre).

ISIDORE, s'asseyant et prenant un journal.

Il faut toujours que j'aille chez lui, et il demeure rue Saint-Jacques... comme s'il ne pouvait pas passer aux Batignolles en allant à la Sorbonne!

FÉLIX, à Célestin. *

Ah çà! quelle mine lugubre as-tu donc, toi?

CÉLESTIN, avec un soupir.

Ah! si vous saviez, mon oncle!

FÉLIX.

Quoi? tu m'effrayes.

CÉLESTIN.

Non... je n'oserai jamais vous avouer...

FÉLIX.

Tu as tort... Ne suis-je pas ton oncle et ton ami?

CÉLESTIN.

L'oncle va me gronder.

FÉLIX.

L'ami lui imposera silence.

CÉLESTIN, descendant en scène.

Eh bien, hier je me suis laissé entraîner à faire une bouillotte...

FÉLIX.

Et tu as perdu?

* Isidore, assis; Félix, Célestin accoudé à la cheminée.

CÉLESTIN.

Hélas! oui... vingt-cinq louis!

FÉLIX.

Cinq cents francs! mais c'est une somme...

CÉLESTIN.

Je le sais bien... et dire que je n'ai plus que quelques heures pour payer... autrement je suis déshonoré!...

FÉLIX.

Oh! tu exagères...

CÉLESTIN.

Non! je n'aurais pas dû jouer... On est sévère dans le monde pour les dettes de jeu... Oh! mon nom!... le nom de mon père, si honorable jusque-là... entaché, flétri par ma faute!...

FÉLIX.

Ton nom, le nom de ton père... mais c'est aussi un peu le mien.

CÉLESTIN, à part.

Je le sais bien, parbleu! (Haut.) Oh! mon cher oncle, combien je vous demande pardon!... tenez, je n'ai plus qu'un parti à prendre... celui...

FÉLIX.

Eh! celui de payer, parbleu! Je t'enverrai ce soir cinq cents francs; mais jure-moi que tu ne toucheras plus jamais une carte.

CÉLESTIN.

J'en fais le serment! mon oncle. (Lui serrant la main). Que vous êtes bon!

FÉLIX.

Bien, bien, tu me remercieras un autre jour. (Il va près d'Isidore.)

CÉLESTIN, à part.

C'est la première fois que le nom de Girodot m'aura servi à quelque chose. (Apercevant le notaire qui entre par le fond.) Ah! le notaire!

ISIDORE, passant devant Félix qu'il repousse pour aller vivement au notaire. *

Le notaire!... enfin, mon sort va se décider!...

CÉLESTIN, qui s'est approché du notaire et le salue.

Monsieur, tous nos parents sont arrivés ; nous n'attendions plus que vous... je vais les prévenir. (Célestin sort à gauche. Félix avance un fauteuil au notaire, qui dispose des papiers sur une table.)

ISIDORE, apercevant une enveloppe cachetée.

C'est le testament, ça, monsieur?

LE NOTAIRE.

Oui, monsieur. (Isidore le fait asseoir.)

SCÈNE IX

MASSIAS, LANGLUMEAU assis à gauche; HORTENSE assise, LEHUCHOIR, CÉLESTIN, LE NOTAIRE CLÉMENTINE. LUCIEN, PAULINE au fond à droite ISIDORE, FÉLIX.

LEHUCHOIR, qui entre le premier.

Monsieur le notaire, vous nous avez joliment fait croquer le marmot... (Le notaire lui montre sa montre; tout le monde entre et prend les places indiquées ci-dessus.)

LANGLUMEAU, qui s'assied près de Massias.

Ah! monsieur Massias, pourvu que ce bon César m'ait laissé quelque souvenir qui puisse me le rappeler longtemps.

* Félix, Isidore, le Notaire, Célestin.

MASSIAS.

Une mèche de cheveux?...

LANGLUMEAU.

Non... quelque chose qui se perde moins aisément.

MASSIAS.

Une maison... alors?

LANGLUMEAU.

Eh! eh!... un bon petit immeuble sans hypothèque...

LEHUCHOIR.

Voyons, voyons... assez causer... commençons. J'ai assez perdu de temps!*

ISIDORE.

Moi aussi, je perds mon temps, et je ne crie pas comme vous, cependant.

LEHUCHOIR.

Je vous conseille de vous plaindre! Ce n'est pas votre temps que vous perdez, c'est le temps du gouvernement, puisque vous êtes employé!...

ISIDORE.

Employé! (A part.) Ah! c'est la dernière fois qu'on m'appelle ainsi. (Haut en allant se placer à la gauche du notaire.) Oui, lisons, lisons tout de suite.

TOUS.

Chut! chut! (Un grand silence se fait, le notaire brise les cachets du testament et le déploie.)

LE NOTAIRE, lisant.

« Où peut-on être mieux qu'au sein de sa famille! »

CLÉMENTINE, s'essuyant les yeux.

Oh! le bon parent!

* Massias et Langlumeau, assis ; Hortense assise ; Lehuchoir, Célestin, le Notaire, assis devant la table du milieu ; Clémentine assise ; Lucien et Pauline, debout près de la cheminée; Isidore debout, Félix assis à droite.

LEHUCHOIR.

Pas de réflexion.

LE NOTAIRE, continuant.

« Hélas! ce proverbe n'est pas toujours vrai! »

ISIDORE et LANGLUMEAU.

Tiens!...

LEHUCHOIR.

Silence!

LE NOTAIRE, continuant.

« Depuis le jour où mes infirmités m'ont empêché de sortir de chez moi et de fuir les visites importunes, j'ai mené une existence intolérable! Ceux de mes parents que j'aimais, ne voulant pas qu'on pût leur attribuer des sentiments intéressés, osaient à peine venir me voir de loin en loin. Ils m'ont fait souvent maudire cette richesse qui les éloignait de moi. »

ISIDORE, à Clémentine.

C'est à nous qu'il fait allusion, nous n'allions chez lui que tous les deux jours...

LE NOTAIRE, continuant.

« Les autres assiégeaient ma porte et me fatiguaient de leurs assiduités. Pourtant, je veux que mes biens restent dans ma famille. »

ISIDORE et LANGLUMEAU.

Ah!

CLÉMENTINE, pleurnichant.

Le bon parent!

LEHUCHOIR.

Silence!

LE NOTAIRE, continuant.

« Comme je n'ai jamais pu voir sans chagrin les grandes fortunes dispersées à la mort de ceux qui les avaient acquises, je veux aussi qu'un seul de mes parents hérite de la totalité de mes biens, meubles et immeubles, inscriptions de rente et valeurs industrielles, montant ensemble à la somme de treize-cent quatre-vingt mille francs. »

TOUS, avec admiration.

Treize cent quatre-vingt mille francs!...

LE NOTAIRE, continuant.

« A qui donc laisser tout cela? »

TOUS.

A nous!

LANGLUMEAU.

A moi!...

LEHUCHOIR.

Silence donc!...

ISIDORE, au notaire.

Continuez donc, monsieur...

LE NOTAIRE, continuant.

« Ma nièce Hortense... »

HORTENSE, avec étonnement.

*Moi?

LEHUCHOIR, embrassant sa femme, avec enthousiasme.

Oui, toi... c'est-à-dire nous, bravo! bravo!

ISIDORE.

C'est immoral!...

LANGLUMEAU

C'est révoltant...

LE NOTAIRE.

Pardon, messieurs, laissez-moi lire.

ISIDORE, au notaire.

Allez... mais allez donc, monsieur...

LE NOTAIRE, *lisant.*

« Ma nièce Hortense a des qualités que j'apprécie vivement, mais... »

ISIDORE.

Il y a un... mais.

LE NOTAIRE, *continuant.*

« Mais je ne veux pas que mon héritage aille grossir
la fortune acquise par son mari, Tancrède Lehuchoir,
au moyen de spéculations louches. »

ISIDORE.

Bravo !...

LANGLUMEAU.

Très-bien !

LEHUCHOIR, *à la droite du notaire.*

Monsieur le notaire, on ne dérange pas les gens pour
se moquer d'eux.

CLÉMENTINE.

Mon pauvre cousin, résignez-vous.

LEHUCHOIR.

Laissez-moi tranquille ! (*Aux autres.*) Je vous préviens...
(Il prend le chapeau du notaire et le pose violemment sur la table.)

LANGLUMEAU.

Est-il mal élevé, cet homme-là !...

TOUS.

Silence !... (*Lehuchoir remonte vers Lucien, près de la cheminée.*)

LEHUCHOIR.

Eh !... c'est insupportable...

LANGLUMEAU.

C'est lui qui est insupportable !

ISIDORE, *au notaire.*

Continuez donc, monsieur...

LE NOTAIRE, continuant.

« Mon cousin Langlumeau est l'homme le plus aimable et le plus spirituel de Pontivy. »

LANGLUMEAU, avec satisfaction, courant à la droite du notaire et faisant tomber sa chaise.

Ah!...

LE NOTAIRE, continuant.

« Je le tiens de lui-même. »

LANGLUMEAU, saluant.

Messieurs, mesdames, le fait est exact.

LE NOTAIRE, continuant.

« Il possède douze mille livres de rentes sur lesquelles il économise tous les ans neuf mille livres. »

LANGLUMEAU, saluant avec la même gravité.

Très-exact.

LE NOTAIRE, continuant.

« Pourquoi lui laisser soixante-dix mille livres de rente? »

LANGLUMEAU.

Pour que j'en économise soixante-dix-neuf mille! (Regardant Célestin qui rit avec exagération.) De quoi donc riez-vous?

LE NOTAIRE, continuant.

« Mon neveu Isidore... »

CLÉMENTINE.

Enfin!...

LANGLUMEAU, très-étonné.

Et moi? je n'hérite donc pas... (Allant à Célestin qui lui présente sa chaise.) Je n'hérite donc pas?

ISIDORE et CÉLESTIN.

Hélas! non!... (Langlumeau emporte sa chaise et va s'asseoir au fond, à gauche, avec humeur, en tournant le dos à tout le monde.)

ISIDORE, au notaire.

Continuez donc, monsieur...

LE NOTAIRE, continuant.

« Mon neveu Isidore est un type accompli... »

ISIDORE, CLÉMENTINE, CÉLESTIN.

Ah !...

LE NOTAIRE, continuant.

« De la nullité jalouse et venimeuse. »

ISIDORE.

Moi !...

LE NOTAIRE, continuant.

« Si je lui laissais ma fortune, le premier usage qu'il en ferait serait d'acheter une voiture pour éclabousser ses chefs et ses camarades. »

ISIDORE, à sa femme.

C'est toi qui lui as répété cela ! (Il remonte vers l'antichambre, au fond avec Langlumeau.)

LE NOTAIRE, continuant.

« Quant à son fils Célestin, je lui donne... »

CÉLESTIN, avec une joie extrême.

Tout !...

LE NOTAIRE, continuant.

« Le conseil d'emprunter moins d'argent parce qu'il ne pourra jamais le rendre, maintenant qu'il ne faut plus compter sur ma succession. (Célestin s'éloigne avec humeur, Langlumeau lui rit au nez.) Mon neveu Félix est un homme de cœur, il a pour moi une affection désintéressée !... »

LEHUCHOIR, entre ses dents, et en s'éloignant de Félix.

L'intrigant !...

LE NOTAIRE, continuant.

« Mais il a autant de faiblesse que de bonté. Je ne veux pas que ma fortune passe de ses mains loyales dans celles des gens indélicats qui le dépouillent. »

LEHUCHOIR, revenant à la gauche du notaire, et frappant de nouveau
sur la table avec son chapeau.

Qui est-ce qui hérite, à la fin?

CÉLESTIN, se rapprochant de Pauline.

Ma jolie cousine, c'est bien juste. (A part.) Diable, pensons au mariage, il est temps de me ranger.

CLÉMENTINE, prenant la main de Pauline.

Je suis heureuse de ton bonheur.

LE NOTAIRE, continuant.

« C'est sur ma nièce Pauline, encore plus que sur son père, que s'étaient reportées depuis longtemps toutes mes affections! »

CÉLESTIN, se rapprochant de Pauline.

Chère cousine!

CLÉMENTINE, embrassant Pauline.

Chère nièce!

LE NOTAIRE, continuant.

« Cependant, j'aime trop cette chère enfant pour l'exposer à être recherchée à cause de sa fortune par tous les fils de famille ruinés, ou les petits cousins intrigants! Je veux qu'elle soit aimée pour ses propres qualités... Elle ne sera donc pas mon héritière! (Célestin s'éloigne de Pauline, Clémentine abandonne la main de Pauline et se recule.)

ISIDORE.

Nous voilà tous déshérités en détail!

LANGLUMEAU, à Matsias, qui est assis à l'extrême gauche.

Il ne reste plus personne!

FÉLIX, montrant Lucien.

Mais si...

PAULINE, avec joie.

Lucien! Tant mieux!

LE NOTAIRE, continuant.

« Je nomme mon neveu Lucien... »

TOUS.

Ah !

LE NOTAIRE, tournant la page.

« Le dernier, parce qu'avec ma nièce Pauline, c'est celui de mes parents que j'ai le plus aimé ; j'apprécie sa nature franche, son cœur droit, son jugement sûr, mais je veux que le besoin de se créer une position l'oblige à se rendre utile à la société et à lui-même, c'est pourquoi je le déshérite. »

ISIDORE, LANGLUMEAU, CLÉMENTINE, CÉLESTIN,
entourant le notaire en criant.

Eh bien, alors ?

ISIDORE.

Continuez donc, monsieur...

LE NOTAIRE, continuant.

« Ces différentes considérations m'ayant mis dans un grand embarras, je me suis décidé à nommer mon légataire universel... mon vieil ami Massias... »

ISIDORE, avec violence, s'élançant sur Massias.

Vous n'êtes pas son parent !

LANGLUMEAU, même jeu.

Non, vous ne l'êtes pas.

MASSIAS, s'approchant du notaire.

Ma vie est en danger ! *

LEHUCHOIR, repoussant Massias.

C'est vrai, vous n'êtes pas son parent.

LE NOTAIRE, continuant.

« Mais comme Massias n'a que faire de ma fortune, je le prie de mettre à exécution le projet suivant : »

* Langlumeau, Isidore, Hortense assise ; Lehuchoir, Massias, le Notaire, Célestin, Clémentine, Pauline, Lucien. Félix, assis à droite.

LANGLUMEAU et LEHUCHOIR, se rapprochant du notaire.

Un projet! Voyons :

TOUS.

Voyons, voyons!

LE NOTAIRE, continuant.

« 1° Quinze jours après la lecture de ce testament, réunir chez mon notaire les parents que je viens de nommer, et les faire tous procéder à un scrutin secret, dans lequel ils désigneront celui d'entre eux qu'ils choisiront pour mon héritier. » (Établissement général.)

LEHUCHOIR.

Une élection, à présent!...

ISIDORE, furieux.

Mais c'est absurde!

LANGLUMEAU.

Qu'est-ce que ça veut dire?

TOUS.

Ah!...

LE NOTAIRE, continuant.

« 2° Remettre ma fortune à celui qui aura obtenu le plus de voix. (*Nota*.) S'il était prouvé qu'un membre de ma famille, dans le but d'obtenir un plus grand nombre de suffrages, se fût rendu coupable de quelque intrigue, je donne plein pouvoir à Massias d'annuler le vote et de remettre ma fortune aux hospices. Telles sont mes dernières volontés. Fait à Paris, le 12 juillet 1858. »

(Silence général, tous se regardent avec étonnement. Massias s'approche du notaire, qui s'est levé, a mis le testament dans son portefeuille et s'apprête à sortir.)

MASSIAS, au notaire, lui serrant la main.

Merci, monsieur, dans quinze jours chez vous, si vous le voulez bien. (Le notaire salue et se retire par le fond.)

SCÈNE X

Les Mêmes, moins LE NOTAIRE.

ISIDORE.

Monsieur l'exécuteur testamentaire, vous regardez donc ce testament comme sérieux?

MASSIAS.

Très-sérieux.

ISIDORE.

Je vous dis, moi, que mon oncle ne jouissait pas de ses facultés quand il a écrit cela... c'est l'œuvre d'un fou.

MASSIAS.

D'un original, tout au plus; la loi n'interdit pas l'originalité en matière de testament.

LANGLUMEAU.

Pourtant, je n'ai jamais vu de testament pareil à Pontivy.

ISIDORE, allant à Lucien.

C'était bien la peine de quitter mon bureau pour venir écouter toutes ces sottises.

LUCIEN.

Celui dont vous parlez si peu respectueusement était votre oncle.

ISIDORE.

Le vôtre... c'est possible... mais pas le mien, puisqu'il me déshérite. (A Lebuchoir et Langlumeau qui sont à sa droite.) Voulez-vous nous entendre pour faire casser ce testament ridicule?

LANGLUMEAU, s'éloignant.

Des frais, merci!

ISIDORE.

Et vous, Lebuchoir?

LEHUCHOIR.

Eh! Eh! le faire casser, ce serait peut-être difficile.

ISIDORE.

Ah! c'est ainsi; eh bien, je plaiderai seul. *

CLÉMENTINE, le tirant par la manche, et l'emmenant avec son fils à
l'extrême droite.

Tais-toi donc!

ISIDORE.

Comment?

CLÉMENTINE, à voix basse, entre son mari et son fils.

Qui te dit que, grâce à cette élection, tu n'hériteras
pas; c'est nous qui avons la partie la plus belle, puisque
nous sommes déjà sûrs de nos trois voix.

ISIDORE.

Tiens, tu crois?

CLÉMENTINE.

Laisse-moi faire. (Haut. Prenant le milieu du théâtre et s'adressant à tous.) Mes chers parents, la volonté d'un mort est
sacrée; nous devons nous conformer à celle de notre
oncle, et tâcher de comprendre la pensée qui l'a guidé.

LEHUCHOIR.

C'est ce que nous avons de mieux à faire, et comme
il est important, pendant les quinze jours qui vont
s'écouler, de se voir, de se reconnaître et de se décider
(allant donner des poignées de main à tout le monde); voulez-vous
tous venir passer la journée chez moi, à la campagne,
dimanche prochain?

PLUSIEURS VOIX.

Volontiers.

* Langlumeau, Hortense, Lehuchoir, Clémentine, Massias au fond;
Isidore, Célestin, Lucien, Pauline, Félix.

LEHUCHOIR, à Massias.

Monsieur Massias, vous serez des nôtres?

MASSIAS.

Je n'aurai garde d'y manquer, monsieur. (Il se frotte les mains.)

LEHUCHOIR.

Eh bien, c'est convenu... maintenant, partons; viens, Hortense, c'est assez perdre mon temps.

PLUSIEURS VOIX.

Partons.

ISIDORE, à Massias, sur le devant du théâtre.

Monsieur Massias, vous qui êtes l'exécuteur testamentaire, ne pourriez-vous pas veiller à ce qu'on mette des housses sur ces meubles? Ils se détériorent ainsi.

MASSIAS.

J'y veillerai, cher monsieur Isidore.

ISIDORE.

Célestin... suivez votre famille. (Célestin sort.)

LANGLUMEAU, à Massias.

Cher monsieur Massias, vous qui êtes l'exécuteur testamentaire, voudriez-vous me confier les plans de la ferme du Clousicq, qui...

MASSIAS.

Est enclavée dans vos terres... oui, je le sais... vous les aurez. (Langlumeau sort par le fond.) Et j'espère bien qu'il n'aura que ça. (Pauline et Hortense s'approchent de chaque côté de Massias, Pauline à sa gauche, Hortense à sa droite.)

PAULINE.

Monsieur Massias...

MASSIAS, reculant.

Encore!...

PAULINE.

Vous qui êtes l'exécuteur testamentaire, voudriez-vous

nous confier (montrant le portrait accroché au mur, à gauche) ce beau portrait de notre oncle pour le faire copier?

HORTENSE.

De cette façon, il y aura plusieurs portraits de lui dans la famille.

MASSIAS.

Vous êtes de charmantes petites femmes! Emportez ce portrait (il fait passer Pauline devant lui.), et surtout n'abîmez pas le cadre; la tribu... Isidore Girodot se plaindrait. (Elles entrent rapidement dans la salle à gauche.)

FÉLIX.

Monsieur Massias... au revoir... (il sort rejoindre sa fille.)

MASSIAS.

Eh bien, mon pauvre Lucien, votre mariage est devenu impossible.

LUCIEN.

Pourquoi?

MASSIAS.

Espérez-vous donc obtenir les suffrages?

LUCIEN.

Les suffrages! moi! Je n'y ai aucun droit, mais j'ai compris la volonté de mon oncle. Je me créerai une position et j'épouserai Pauline.

MASSIAS, lui serrant la main.

Bien, mon ami, bien, et si je puis vous aider, comptez sur moi. (Il prend sa canne et son chapeau, et sort par le fond. — Le rideau baisse.)

FIN DU PREMIER ACTE.

ACTE DEUXIÈME

La scène se passe à la maison de campagne de Lehuchoir, près
Paris. Le théâtre représente un salon à pans coupés, ouvrant de
plain-pied sur un jardin. Grand luxe d'ameublement. Fenêtre à
gauche ; table ronde au troisième plan, à gauche ; du même côté,
sur le devant de la scène, un riche canapé; à droite, au premier
plan, un petit guéridon.

SCÈNE PREMIÈRE

Deux Domestiques, puis LEHUCHOIR, HORTENSE,
MASSIAS, ISIDORE, CLÉMENTINE, CÉLES-
TIN, LANGLUMEAU, FÉLIX, PAULINE.

Au lever du rideau, un domestique en grande livrée dispose le café et
les liqueurs sur une petite table au fond, à gauche.

UN DOMESTIQUE, venant de la chambre de gauche et portant un
plateau qu'il pose sur le guéridon à droite du spectateur.

Tout est-il prêt ?

LE PREMIER DOMESTIQUE.

Oui. (Il dispose le café sur la petite table à gauche, au fond.)

Le deuxième domestique rentre dans le salon à droite, dont il ouvre les portes
à deux vantaux.

LE PREMIER DOMESTIQUE, seul.

Comme ils dévorent, les parents de monsieur! (Il rentre
dans la chambre à gauche, dès que Massias et Langlumeau entrent en
scène.)

LANGLUMEAU, entrant de gauche avec Massias.

Comment, vous êtes mon pays?

MASSIAS.

Ne le saviez-vous pas?

LANGLUMEAU.

Vous êtes de Pontivy et vous le cachiez ?

MASSIAS, lui serrant la main.

Par modestie. (Ils s'approchent de la table de gauche et s'apprêtent à prendre du café.)

HORTENSE, entrant la première et faisant passer Isidore et sa femme devant elle. *

Mes chers parents, à partir de maintenant vous êtes libres comme l'air; j'abdique mes droits de maîtresse de maison.

LEHUCHOIR, avec emphase.

Faites comme chez vous; tout ici vous appartient ; cueillez mes fleurs, mangez mes fruits, dévastez mes espaliers.

ISIDORE, entre ses dents.

Et coupez mes arbres ; c'estça, il nous prend pour une bande de pillards!

LEHUCHOIR, venant servir le café dans les tasses disposées sur le guéridon à droite.

Isidore, prenez donc du café, c'est du vrai moka. (Il retourne vers ses invités, au fond.)

ISIDORE.

Merci... Que d'embarras !... (A Clémentine.) Viens prendre du café; j'étouffe! ils avaient juré de nous faire périr avec leur dîner monstre. (Il va s'asseoir avec sa femme à la table de droite.) **

HORTENSE.

Eh bien ! messieurs, vous n'allumez pas vos cigares?

---

* Isidore, Clémentine, tous deux assis à l'extrême gauche ; Massias, Félix, Célestin, Lehuchoir, Lucien, Langlumeau, tous autour de la table, à gauche au fond.

** Célestin, assis sur le divan, à gauche ; les autres au second plan. — Clémentine, Isidore, assis à droite.

Voyons, Célestin, je connais vos vices, ne vous gênez
pas, nous sommes à la campagne. (Prenant le bras de Pauline.) Viens avec moi, ma chère enfant; c'est nous qui
gênons ces messieurs, ils ont peur pour nos nerfs.

CLÉMENTINE, à part.

On ne me propose pas de sortir, à moi; il paraît que je
n'ai pas de nerfs!

PAULINE, à Félix.

Viens-tu avec nous, mon père?

FÉLIX.

Volontiers. (Il dit adieu à Célestin.)

PAULINE, en s'éloignant, à Lucien qui la regarde, au fond.

Fi! le vilain cousin! Il préfère une tasse de café à
notre société. (Elles sortent à droite, Félix les suit.)

SCÈNE II

LES PRÉCÉDENTS, moins HORTENSE, PAULINE
et FÉLIX.

ISIDORE, à Clémentine assise avec lui à la table de droite.

Passe-moi le sucre.

CLÉMENTINE.

Mais, mon ami, tu en as déjà mis trois morceaux...

ISIDORE.

Eh bien! veux-tu que je leur économise leur sucre, à
présent? Non! non! non! (A chaque non, il lance avec vigueur un
morceau de sucre dans sa tasse.)

CLÉMENTINE.

Tu ferais mieux de le mettre en réserve.

ISIDORE.

Tu as raison. (Il vide la moitié du sucrier dans sa poche.)

3.

CÉLESTIN, assis sur le divan à gauche.

Maintenant, messieurs, usons de la permission. (Lucien et Lehuchoir acceptent un cigare. — A Massias qui refuse.) Vous ne fumez pas, monsieur Massias?

MASSIAS.

Non, merci !

LANGLUMEAU.

Monsieur fume sans cigare. (Il rit.)

CÉLESTIN, à part.

Quel idiot !

MASSIAS.

Pays, cette plaisanterie est très-spirituelle, mais elle n'est plus de mode.

LANGLUMEAU.

Vous croyez? c'est étonnant, on la fait toujours à Pontivy.

CÉLESTIN, tendant son étui à Langlumeau.

Et vous, monsieur Langlumeau?

LANGLUMEAU.

Volontiers. (Il prend un cigare et le met dans sa poche. A part.) Je ne fume pas le cigare, mais il ne faut jamais rien refuser, ça dégoûte de vous offrir. (Il retourne boire au fond, à gauche.)

CÉLESTIN, à Lucien, dont il prend le bras et qu'il entraîne vers le jardin.

Pardon, monsieur Massias... Dis-moi, cousin, tu dois avoir fait quelques économies à la campagne; est-ce que tu pourrais me prêter?... (Ils disparaissent par le fond.

SCÈNE III

LANGLUMEAU, MASSIAS, CLÉMENTINE, LEHUCHOIR et ISIDORE.

LEHUCHOIR, *s'approchant de la table où sont assis Isidore et Clémentine, et leur apportant des liqueurs.*

Avez-vous tout ce qu'il vous faut, mes chers cousins?

ISIDORE.

Oui, oui! oh! chez vous, on ne manque de rien.

CLÉMENTINE.

Vous vous entendez si bien à recevoir!

LEHUCHOIR.

Mais vous recevez aussi très-bien.

ISIDORE, *se levant et s'emportant.*

Nous recevons!... nous recevons!... quoi?... qu'avons-nous reçu?...

CLÉMENTINE.

Mais, mon ami, tu n'as pas compris!

LEHUCHOIR.

Vous n'avez pas compris.

ISIDORE.

C'est que je n'aime pas les mots à double entente, voyez-vous. (*Il se rassied et continue à causer avec Lehuchoir.*)

LANGLUMEAU, *à Massias.*

Dites-moi, pays? puisque vous êtes mon pays...

MASSIAS.

Je le suis, et je m'en fais gloire, monsieur Langlumeau.

LANGLUMEAU, *lui serrant la main.*

Vous êtes trop bon. Dites-moi, e

déjeuner que nous sommes venus ici? Je croyais qu'on devait se préparer à...

MASSIAS.

A intriguer... ah! n'en croyez rien... tous vos parents sont trop désintéressés. (Il le quitte pour s'approcher de Clémentine qui s'est levée.) Madame, vous semblez disposée à vous promener, voulez-vous me permettre de vous offrir mon bras?

CLÉMENTINE.

Mais, comment donc, monsieur? (Elle prend le bras de Massias et elle ouvre son ombrelle, la montrant.) Toute noire... vous voyez... toujours en deuil! je ne me consolerai jamais de la mort de votre pauvre ami...

MASSIAS.

Ah! madame... si de là-haut il voit cette ombrelle, il doit prier pour vous... (Ils s'éloignent par le fond.) *

LEHUCHOIR, à Isidore.

Isidore, montrez donc mes serres à M. Langlumeau... j'ai des ananas superbes.

LANGLUMEAU, allumant sa pipe.

Des ananas, je les adore!...

LEHUCHOIR.

Vous les adorez... (Il frappe sur un timbre placé près de la table de droite.) Attendez...

ISIDORE.

Que va-t-il faire? encore nous humilier?

LEHUCHOIR, au domestique qui vient de la chambre de gauche.

Suivez ces messieurs, vous couperez tous les ananas qu'ils vous désigneront, vous les mettrez dans une bourriche et vous les porterez au chemin de fer. (Le domestique sort au fond et attend sur le perron.)

---

* Langlumeau, Lehuchoir, Isidore.

LANGLUMEAU.

Ah ! cousin !

LEHUCHOIR.

Pas un mot de plus, ou je fais mettre aussi en bourriche, à votre adresse, tous les fruits de mon jardin.

ISIDORE, entraînant Langlumeau.

Il ferait mieux de s'y mettre lui-même, en bourriche.
Cet homme est fou ! (Il sort avec Langlumeau. Le domestique les
suit.)

SCÈNE IV

LEHUCHOIR, puis HORTENSE.

LEHUCHOIR.

Le naturel de Pontivy est entamé. Passons à un autre.
(Allant à la rencontre d'Hortense qui entre de la droite.) Ah ! ma chère,
j'avais à vous parler.

HORTENSE.

Parlez ; mais laissez-moi d'abord m'asseoir, je suis
exténuée. (Elle s'assied à droite.)

LEHUCHOIR, près d'elle.

Je le crois facilement ; ce n'est pas une petite affaire
que d'amuser tous ces gens-là. Enfin le plus fort est fait ;
vous avons semé, il ne s'agit plus que de récolter.

HORTENSE.

Récolter quoi ?

LEHUCHOIR.

Leurs voix, parbleu !

HORTENSE.

Ah ! toujours l'héritage ; je vous ai dit, monsieur, ce
que je pensais à ce sujet.

LEHUCHOIR.

Et je vous ai laissé dire, persuadé que, lorsque le mo-

ment serait venu, je vous ferais partager ma manière de
de voir.

HORTENSE.

Jamais !

LEHUCHOIR.

Jamais ! ah ! par exemple, ce serait curieux ! j'aurais
hébergé tous ces gens-là, qui ne me sont de rien, qui
m'ennuient, qui me méprisent, ou qui me détestent ; j'aurais dévasté à leur intention mes espaliers et bu le meilleur de mon vin, tout cela pour leurs beaux yeux ! Morbleu ! non ! il faut que ma prodigalité, qui fait lever les
épaules à monsieur Isidore, me rapporte quelque chose.

HORTENSE.

Quelque chose comme un million !

LEHUCHOIR.

Oui, un million, un million et demi ; ainsi, je puis
compter sur vous ?

HORTENSE.

Non.

LEHUCHOIR.

Pourquoi, s'il vous plaît ?

HORTENSE.

Vous m'avez assez souvent priée de ne pas me mêler
de vos affaires.

LEHUCHOIR.

Mais aujourd'hui, c'est votre affaire aussi bien que la
mienne.

HORTENSE.

Je ne trouve pas. Voyons, monsieur, n'êtes-vous pas
assez riche ? Que feriez-vous de cette nouvelle fortune ?

LEHUCHOIR, confidentiellement.

J'achèterais le palais de l'Industrie.

HORTENSE.

Dans quel but... grand Dieu !

LEHUCHOIR.

Pour en faire une cité ouvrière... Oui, oui, je le divi-
serais en une foule de petits logements.

HORTENSE.

Que vous louerez très-cher aux classes pauvres !

LEHUCHOIR.

Mais... le plus cher possible... Pourquoi vous moquez-
vous?.... Je ne rougis pas du métier qui m'a enrichi et
qui vous permet de vivre dans le luxe, ma chère, il serait bon de ne pas l'oublier. Voyons, Hortense, soyez
raisonnable. Écoutez-moi : nous sommes neuf héritiers,
tous ayant droit de voter. (Retenant Hortense qui veut se lever.)
Restez donc, restez donc. Les Girodot, il ne faut pas
penser à nous en faire des alliés : ils voteront pour eux,
et rien que pour eux; quant à Félix, il nous promettrait
sa voix aujourd'hui, qu'il la promettrait demain à son
frère; il ne sait pas refuser; restent Langlumeau et Lucien. Langlumeau, je m'en charge. Quant à Lucien,
vous êtes amis, je vous prie de vous en occuper.

HORTENSE.

Moi !... Ah ! monsieur !

LEHUCHOIR.

Certainement... qu'y a-t-il là d'étonnant? Vous vous
entendrez à merveille à séduire ce petit monsieur-là;
pour lui plaire, il faut se lancer dans les belles phrases,
le beau style, les grands sentiments; je n'y entends rien
du tout.

HORTENSE.

Le fait est...

LEHUCHOIR.

Vous en convenez vous-même ; à merveille ! à l'œuvre donc, chère amie.

HORTENSE, se levant.

Monsieur, je vous l'ai déjà dit, il ne me convient pas de me mêler à toutes ces intrigues, et surtout à celles dont Lucien serait l'objet.

LEHUCHOIR.

Pourquoi, surtout ?

HORTENSE.

Parce que, parce que...

LEHUCHOIR.

Allons, voyons, chère amie, un peu de bonne volonté.

HORTENSE, traversant devant lui. *

C'est impossible, vous dis-je !

LEHUCHOIR.

Impossible, impossible à vous de m'aider à obtenir une fortune qui m'appartient ! oui, qui m'appartient ! car enfin, quand je vous ai épousée, vous aviez une dot insignifiante, tout à fait insignifiante ; et si j'ai consenti à m'en contenter, c'est qu'on a fait valoir auprès de moi l'héritage que ne manquerait pas de me laisser l'oncle César, e aujourd'hui vous voulez que je m'en passe !... Ah ! mais non ! Ah ! mais non ! Je ne suis pas un imbécile, moi, je ne consentirai jamais à ce que votre famille puisse dire qu'elle s'est moquée de moi.

HORTENSE.

Quel homme, et pour la vie !

LEHUCHOIR.

Vous avez beau lever les épaules, cela n'empêche pas

* Hortense, Lehuchoir.

que je vaille autant que ces gens-là, moi ! mon gros
bon sens m'a déjà rapporté plus d'écus que tout leur
esprit ne leur en vaudra jamais; j'ai su devenir riche et
ils sont et resteront des meurt-de-faim. Ah ! mais ! Ah !
mais ! que trouvez-vous à répondre à cela? (Hortense remonte vers le fond à gauche, et ne l'écoute plus.) Je suis allé trop
loin, c'est qu'aussi... allons, ma petite poule; pardonne-
moi, si je me suis un peu emporté. (Il veut baiser la main de
sa femme, elle se dégage et retourne s'asseoir où elle était d'abord.)
Laisse, tu comprendras que ce que j'exige de toi, est
très-simple; très-juste, je vais t'envoyer ton cousin Lucien; parle-lui gentiment !... (A part, en se frottant les mains.)
J'aurai le palais de l'Industrie.

SCÈNE V

HORTENSE, LUCIEN.

HORTENSE.

Ah ! c'est indigne ! vouloir... lorsque j'évite même de
lui parler... (Elle se lève et traverse le théâtre.) Ah ! monsieur Lehuchoir, si vous saviez... j'ai été presque tentée de vous
l'apprendre... bah ! il aurait passé outre.

LUCIEN, qui s'est approché d'Hortense.*

Vous semblez émue, ma cousine, qu'avez-vous ?...

HORTENSE.

Rien, ou plutôt, si; encore une scène, une scène ridicule. Lucien, vous êtes mon ami, dites-moi que vous
l'êtes resté, ou bien soyez-le en ce moment. (Elle s'assied sur
le divan à gauche.) Tenez, asseyez-vous là, près de moi. (Lucien
reste debout près d'elle.) Pourquoi ne vous vois-je plus ? Pour-

---

* Hortense, Lucien.

quoi m'évitez-vous toujours? Depuis un an, c'est la première fois que vous venez chez moi, c'est mal. Je ne suis pas heureuse, moi; j'ai besoin que de temps à autre on me tende une main amie. (Lucien lui donne la main.) Oui, il y a longtemps que nous ne nous sommes trouvés seuls ainsi.

LUCIEN.

N'est-ce pas votre faute, Hortense?

HORTENSE.

Ma faute... oui, c'est vrai... cependant je ne vous avais pas défendu absolument de me revoir.

LUCIEN.

Si fait... absolument... Rappelez vos souvenirs; j'étais à la campagne, chez vous, comme aujourd'hui; vous étiez charmante, encore comme aujourd'hui; je commis la faute de vous dire que j'étais amoureux de vous. Oh! ce fut une déclaration complète, il n'y avait pas à s'y méprendre, tout y était; pleurs dans les yeux, tremblement dans la voix, gestes désordonnés, enfin, une véritable déclaration d'échappé de collége.

HORTENSE.

Mais non!...

LUCIEN.

Après avoir bien voulu m'écouter, et au moment où j'osais concevoir quelque espoir, vous m'avez froidement répondu que mon amour était peu partagé, que je devais absolument vous oublier, ou du moins supprimer à l'avenir ces déclarations inutiles et trop échevelées. J'ai répondu, comme tout homme bien épris, que je ne pourrais m'empêcher de les recommencer toutes les fois que je vous verrais. — Ne me voyez plus, alors, m'avez-vous

dit. — J'en mourrai, me suis-je écrié. — Vous m'avez
souri d'un sourire qui m'est allé droit au cœur, mais qui
m'a prouvé depuis toute votre sagacité, car je ne vous
ai plus revue... et je ne suis pas mort.

HORTENSE.

Vous le voyez bien, vous ne m'aimiez pas autant que
vous le disiez.

LUCIEN.

Je vous aimais beaucoup.

HORTENSE.

En vérité?

LUCIEN.

En vérité.

HORTENSE.

Pauvre ami! pardon, alors, car vous avez dû souffrir.

LUCIEN.

Oui ; mais je ne vous en veux plus.

HORTENSE.

C'est-à-dire que vous ne m'aimez plus.

LUCIEN.

Un amour aussi sérieux et aussi... malheureux que
le mien devait ou diminuer de violence ou m'enlever...
et nous venons de constater mon existence.

HORTENSE.

Pourquoi parler si légèrement, mon ami, d'un sentiment toujours respectable quand il est vrai?

LUCIEN.

Franchement, il m'est permis de rire aujourd'hui de
ce dont vous vous moquiez autrefois.

HORTENSE.

Je ne me suis jamais moquée! seulement j'ai fait ce
qui est dans l'ordre des choses de faire. Écoutez : (elle se

lève et descend en scène.) * Une jeune fille quitte sa mère qui l'a saintement élevée, qui vient de frapper son esprit des grands mots de vertu, de foi jurée, de fidélité conjugale. Elle se marie, elle épouse un homme qu'elle n'aime pas encore, mais qu'elle croit pouvoir aimer; quelque temps s'écoule, elle n'est plus entièrement heureuse; un des coins du voile qui cachait les défauts, quelquefois les vices de son mari est tombé. Un homme amoureux se présente, il plaît, il est aimable; on se sent presque émue, mais une partie du voile protége encore le mari, et on sacrifie au devoir le bonheur un instant entrevu.

LUCIEN.

Mais il arrive un moment où le voile dont vous parlez tombe entièrement.

HORTENSE.

Oh! oui!

LUCIEN.

Et alors?

HORTENSE,** traversant la scène.

Alors on se demande si avec l'expérience acquise et revenant au temps d'autrefois, on se conduirait encore comme on s'est conduit.

LUCIEN.

A quoi sert-il d'interroger le passé, c'est l'avenir qu'il faudrait connaître.

HORTENSE.

L'avenir? l'avenir de qui?

LUCIEN.

De l'homme autrefois amoureux.

* Hortense, Lucien.
** Lucien, Hortense.

HORTENSE.

Autrefois, c'est le passé.

LUCIEN.

De l'homme autrefois et encore amoureux.

HORTENSE.

Autrefois et encore... ces deux mots peuvent-il se lier?
Non, vous en êtes une preuve.

LUCIEN.

Moi!...

HORTENSE.

Puisque vous n'aimez plus! ne l'avez vous pas dit?

LUCIEN.

Je l'ai dit.

HORTENSE.

Et vous disiez vrai?

LUCIEN, après un moment d'hésitation.

Oui...

HORTENSE.

Ah!... à la bonne heure, voilà qui m'ôte tous mes
doutes; depuis un instant vous sembliez prendre plaisir,
par votre attitude, à m'en faire concevoir... pour sau-
vegarder sans doute mon amour-propre.

LUCIEN.

C'est que j'en concevais moi-même, Hortense; ce n'est
pas impunément que je me suis retrouvé ainsi seul à vos
côtés, après une si longue séparation; tout notre passé
m'est revenu à l'esprit et m'a agité le cœur. Mais ce moment de trouble, que je vous prie encore d'excuser, a
dû cesser, et maintenant, ma cousine, je vous tiendrai
le seul langage qui soit digne de vous et de moi. Non,
je ne vous aime plus : de ma passion d'autrefois il ne
reste plus que le souvenir, comme les cendres dans un

foyer rappellent le feu qui y a brûlé; on ne rallume pas le feu avec les cendres.

HORTENSE.

C'est bien, je vous remercie de votre franchise.

LUCIEN.

Mais...

HORTENSE, s'éloignant à droite.

Voici quelqu'un.

SCÈNE VI

LUCIEN, CLÉMENTINE, HORTENSE.

CLÉMENTINE, qui s'avance et s'arrête brusquement.

Ah!... je vous dérange...

HORTENSE, allant à elle.

Venez donc, ma chère Clémentine, venez donc.

CLÉMENTINE.

Mais je serais désolée d'interrompre votre petit tête-à-tête; à la campagne, et lorsqu'on est chez soi, il est bien juste que l'on jouisse de sa liberté.

HORTENSE.

Vous ne nous dérangez pas. (Elle fait passer Clémentine devant elle et la fait asseoir.)*

CLÉMENTINE, s'asseyant.

Allons, je m'installe, puisque vous l'exigez, mais je suis sûre que vous m'en voudrez tous les deux.

HORTENSE.

Nullement.

CLÉMENTINE.

Je croyais trouver ici mon mari et mon fils; vous ne les avez pas vus?

* Lucien, Hortense, Clémentine, assise à droite.

HORTENSE.

Non.

LUCIEN.

Si vous désirez leur parler, je vais les chercher.

CLÉMENTINE.

Non, non, je n'ai rien à leur dire, je voudrais seulement qu'Isidore et Célestin ne restassent pas si longtemps exposés au grand air. Ne riez pas, chère cousine ;
mon Dieu, il est des femmes pour qui leur mari et leur
enfant sont tout au monde, et il est bien juste...

HORTENSE.

Très-juste... Lucien, allez donc dire de la part de Clémentine à Isidore et à Célestin qu'on les attend ici. (Lucien s'éloigne par le fond à droite.)

SCÈNE VII

CLÉMENTINE, HORTENSE.

CLÉMENTINE, remontant comme pour retenir Lucien. *

Oh ! ce pauvre Lucien ! En vérité, l'éloigner ainsi de
vous... Il est vrai que ce qui fait le malheur des uns
fait le bonheur des autres. Il rencontrera là-bas, sur
sa route, cette chère petite Pauline, qui est toute seule,
et qui sera bien heureuse de le voir.

HORTENSE.

Pourquoi Célestin ne tient-il pas compagnie à Pauline ?

CLÉMENTINE.

Parce qu'un jeune homme qui tient compagnie à une

* Clémentine, Hortense.

jeune fille lui fait nécessairement un peu la cour, et Célestin est trop bien élevé pour marcher sur les brisées des autres. (Elle s'assied sur le divan à gauche.)

HORTENSE.

Les autres... quels autres?

CLÉMENTINE.

Oh! je croyais que vous saviez; pardon! c'est vrai, il n'a pas dû vous prévenir.

HORTENSE, s'approchant de Clémentine.

Qui ça... il?

CLÉMENTINE.

Non, non, n'exigez pas; sans les partager, je comprends du moins toutes les faiblesses; je suis indulgente et je craindrais de vous faire de la peine.

HORTENSE.

De la peine! pardon, ma chère Clémentine, je ne sais pas deviner les rébus, je vous serais obligée de m'expliquer celui-ci. (Elle s'éloigne à droite.)

CLÉMENTINE, se levant.

Si vous vous fâchez, je vais être bien forcée; mais, je vous en prie, ne lui en veuillez pas, je serais désolée vraiment; on peut bien faire la cour à une jeune fille, et cependant avoir beaucoup d'affection pour une autre personne; Pauline même ne pourrait pas lui en vouloir; il y a deux ans, elle n'était qu'une enfant, tandis que vous et lui... ce cher Lucien! c'est que c'est un charmant garçon.

HORTENSE.

Oh! c'est de Lucien que vous voulez parler?

CLÉMENTINE.

Sans doute.

HORTENSE.

Et il aime Pauline?

CLÉMENTINE.

Oh! je ne dis pas cela.

HORTENSE, très-vivement.

Mais dites-le, si c'est vrai, qu'est-ce que cela me fait? je ne comprends en vérité rien à vos réticences. Lucien aime Pauline, il l'épouse?

CLÉMENTINE.

Oh! pour cela, je ne sais pas; il n'en a jamais été question devant moi.

HORTENSE.

Mais, comment savez-vous qu'il l'aime?

CLÉMENTINE.

Je porte trop d'intérêt à tous nos parents pour ignorer ce qui les concerne. Puis à mon âge, ma chère Hortense, on n'a plus de passions, il faut vivre à l'aide de celles des autres; quand on ne danse plus, on regarde danser. Oh! voici mon mari et mon fils; je le disais bien, ils sont tout en nage.

HORTENSE.

Excusez-moi de vous quitter, quelques ordres à donner.

CLÉMENTINE.

Allez, allez, chère cousine. (Hortense très-émue sort à droite, tandis qu'Isidore et Célestin, entrés par le fond depuis un instant, la saluent sans qu'elle le remarque.)

SCÈNE VIII

CLÉMENTINE, ISIDORE, CÉLESTIN.

ISIDORE.

C'est cela... elle s'enfuit, elle aussi. Dès que nous ar-

4

rivons quelque part, tout le monde décampe ; ou nous
traite comme des pestiférés. Patience, patience, mes
petits amis, mon tour viendra de vous rendre toutes les
humiliations que vous me faites subir. Je donnerai de
grandes fêtes, entendez-vous, tout exprès pour n'y inviter personne !

CÉLESTIN, s'asseyant à droite.

Ce ne seront pas de grandes fêtes, alors, papa.

ISIDORE.

Silence, quand je parle : n'oubliez pas le respect que
vous me devez. Voudriez-vous par hasard que j'invitasse
monsieur Lehuchoir, qui nous écrase de son luxe, et qui
vient encore de m'humilier par ses bienfaits ? ou bien mon
chef de bureau ?... Ah ! mon chef de bureau !... c'est encore lui que je déteste le plus !

CLÉMENTINE.

Tu devrais pardonner à ces gens-là, mon ami, en ex-
piation de tes péchés.

ISIDORE.

Mes péchés ! mes péchés ! parle pour toi...

CLÉMENTINE.

En tout cas, avant de faire aucun projet, il est important d'être riche, et pour être riche il faut hériter.

ISIDORE.

Nous hériterons : n'avons-nous pas nos voix et celles
de Félix et de Pauline ?

CLÉMENTINE.

Es-tu bien sûr de ton frère et de ta nièce ?

ISIDORE.

Pour qui veux-tu qu'ils votent ?

CÉLESTIN.

Mais, pour eux.

ISIDORE.

Pour eux? Ils n'oseront jamais.

CLÉMENTINE.

Cependant, mon ami, il serait plus sûr de les intéresser à notre succès.

ISIDORE.

Que faire pour cela?

CLÉMENTINE.

Ce que je t'ai déjà conseillé : demande à Félix la main
de sa fille pour Célestin.

CÉLESTIN, s'approchant.

Quoi?

ISIDORE.

Mais tu n'y penses pas; si j'hérite, Célestin devient le
fils d'un millionnaire, et tu voudrais le marier à la fille
d'un chimiste? Ah! fi! (il passe à l'extrême gauche et s'assied sur
le divan.*)

CLÉMENTINE.

Mais, mon ami, si l'héritage dépend de cette union,
elle n'est plus une si mauvaise affaire; puis, une fois
que nous aurons hérité, il sera toujours temps...

ISIDORE.

C'est vrai, cela.

CÉLESTIN.

Désolé de détruire vos projets, mes chers parents, mais
je n'obtiendrai pas la main de Pauline, car Pauline aime
Lucien.

ISIDORE.

Qu'est-ce que ça fait?

CÉLESTIN.

Cela me paraît faire beaucoup, car de cet amour doit

____
* Isidore, Clémentine, Célestin.

résulter quelque jour un mariage. Ne le pensez-vous pas, ma mère?

CLÉMENTINE.

J'en doute depuis quelques instants.

CÉLESTIN.

Ah!...

CLÉMENTINE.

Oui, tout à l'heure, bien innocemment et sans arrière-pensée, j'ai parlé de cet amour à Hortense, qui a paru fort contrariée.

CÉLESTIN.

Tiens, tiens, tiens!...

CLÉMENTINE.

Oh! mon Dieu! je ne sais pas pourquoi; je serais désolée qu'on soupçonnât de la moindre des choses ma cousine, une femme mariée; mais il pourrait bien arriver que ma maladresse la brouillât avec Lucien (ce qui lui fera une voix de moins), et qu'elle essayât d'empêcher son mariage avec Pauline. C'est pour cela, Isidore, que je te disais d'adresser toujours à ton frère notre demande; fort de son consentement, car il n'osera pas nous refuser, nous attendrons les événements.

CÉLESTIN.

Ainsi, vous voulez absolument me marier; mais je n'aime pas Pauline!...

CLÉMENTINE.

Mon enfant, tu l'aimeras; elle est charmante, et en attendant tu aimes ton père et ta mère, et tu dois faire quelque sacrifice pour eux. Va au jardin chercher Félix et Pauline, dis-leur que nous sommes ici, et, si tu es trop timide pour qu'on parle de ce mariage devant toi, ne reviens pas.

ISIDORE, se levant.

C'est ça, ne reviens pas.

CÉLESTIN, qui sort par le fond.

Oh! soyez tranquilles!

SCÈNE IX

ISIDORE, CLÉMENTINE, puis FÉLIX et PAULINE.

CLÉMENTINE, à Isidore.

Mon ami, si tu me le permets, c'est moi qui prendrai
la parole au sujet de ce mariage?

ISIDORE.

Pourquoi?... ne suis-je pas le chef de la famille?

CLÉMENTINE.

Certainement. et je m'incline devant ton droit; mais,
pardonne-moi de te le dire, tu as le sang trop vif, tu
t'emportes quelquefois, et...

ISIDORE.

En un mot, j'ai un mauvais caractère; c'est bon, c'est
bon... parle; seulement fais vite, ou autrement... (Il s'assied à droite. Clémentine marche à la rencontre de Félix et descend la
scène avec lui.)

FÉLIX, en entrant, à Clémentine.[*]

Célestin avait l'air tout affairé... auriez-vous quelque
chose à me dire?

CLÉMENTINE.

Peut-être, cher frère; venez vous asseoir, tenez, là,
près de ma jolie petite nièce. Quand je dis petite, c'est
par habitude; car je sais fort bien (Félix s'assied sur le divan à
gauche, tenant dans ses mains les mains de Pauline, qui reste debout près

[*] Pauline, Félix, Clémentine. Isidore.

4.

de lui.) que cette chère enfant est maintenant une grande personne; oui, mademoiselle, une grande et très-jolie personne.

FÉLIX.

Ma chère Clémentine, vous gâtez ma fille.

CLÉMENTINE.

Non, non, je lui rends justice; prenez des renseignements; pour mon compte, je connais quelqu'un qui est de mon avis.

PAULINE, vivement.

Qui ça?

CLÉMENTINE.

Un jeune homme, mademoiselle; mon fils Célestin.

PAULINE, avec dépit.

Célestin!

CLÉMENTINE.

Oui, Célestin.

PAULINE.

Je croyais que mon cousin ne s'occupait que de lui.

CLÉMENTINE.

Oh! peux-tu dire cela! il ne s'occupe que de toi, ma chère enfant, il ne voit que toi; pour être contenus, les sentiments de Célestin n'en sont pas moins vifs.

ISIDORE, poussant le coude de sa femme.

Mais, va donc, va donc, aborde.

FÉLIX.

De quels sentiments parlez-vous, chère sœur?

CLÉMENTINE.

Quoi! vous n'avez pas deviné? mais, mon frère, Célestin aime Pauline.

FÉLIX,

J'y compte bien; Célestin est un bon enfant qui aime toute sa famille.

CLÉMENTINE.

Sans doute; mais il aime Pauline d'une façon toute particulière, il en est amoureux, enfin !

FÉLIX.

Amoureux !...

PAULINE.

Célestin ! amoureux !

ISIDORE, se fâchant.

Qu'y a-t-il là d'étonnant ? parce qu'il est mon fils, lui refuserais-tu le droit d'être amoureux !

CLÉMENTINE.

Laisse, mon ami, laisse !

ISIDORE.

Non, non, tu as assez parlé ! Tu fais là, depuis une heure, un tas de simagrées pour arriver à dire la chose la plus simple du monde... (Allant vivement à Félix.) Félix..* je te demande, pour mon fils, la main de ta fille, voilà !

PAULINE, effarée.

Ah ! par exemple ! (bas à Félix.) Dites-lui donc, mon père...

FÉLIX, bas à Pauline.

Sans doute, sans doute, je vais... (Se levant.) Mes chers parents...

ISIDORE, avec volubilité.

Tu acceptes, c'est convenu; tu ne voudrais pas que l'on pût dire que tu refuses ta fille au fils de ton frère, à ton propre neveu, à ton propre sang ! car Célestin c'est ton sang, et la voix du sang a toujours parlé en toi... tu es un bon parent, un bon frère, un bon oncle.

* Pauline, Félix, assis ; Isidore, Clémentine.

FÉLIX.

Mais je suis aussi bon père, et...

ISIDORE.

Hésiterais-tu? trouverais-tu un Girodot indigne d'une Girodot?

FÉLIX.

Non, sans doute ; mais.....

ISIDORE.

Un cousin indigne de sa cousine?

FÉLIX.

Bien loin de moi...

ISIDORE.

Tu es un savant, et je ne suis qu'un employé ; mais nous sommes tous les deux fils d'Antoine Girodot, de son vivant receveur des contributions, et d'Aménaïde Rabaillard, son épouse, décédée en son domicile, rue Cassette, vingt-deux. Nous avons donc la même origine ; nous sommes deux branches sorties du même tronc : tes rejetons ont-ils le droit de rejeter mes rejetons?

FÉLIX.

Mais, je n'ai pas parlé de cela.

ISIDORE.

Alors, tu acceptes, n'en parlons plus. (Il s'éloigne à droite.)

FÉLIX.

Mais...

CLÉMENTINE.

Ma chère Pauline, tu seras si heureuse avec nous ! tu trouveras en moi la plus indulgente des belles-mères. (A Isidore.) Dis-lui donc quelque chose de tendre.

ISIDORE.

Tendre ! tendre ! si tu crois que c'est facile !

PAULINE, bas à son père.

Mais, mon père... je vous en supplie, dites-leur... ils vont croire...

FÉLIX, allant à Isidore.[*]

Mes chers parents, je suis... c'est-à-dire, Pauline est... ou plutôt nous sommes tous les deux, très-flattés de...

ISIDORE.

C'est bon, c'est bon, nous le savons.

CLÉMENTINE.

Nous sommes tous très-flattés...

FÉLIX.

Cependant...

ISIDORE.

Hésiterais-tu encore après tout ce que je t'ai dit? reprocherais-tu à mon fils, à ton neveu, de n'avoir pas de fortune? mais Pauline n'a pas de dot, et cependant nous demandons sa main, parce que chez nous, c'est comme chez toi, la voix du sang... la voix du sang... la voix du sang... (Félix étourdi fait à l'extrême droite[**].—Bas à Clémentine.) Parle, je ne trouve plus rien à dire.

CLÉMENTINE.

Allons, Pauline, nous sommes en famille ; tu peux avouer sans honte que ce mariage ne te déplaît pas.

PAULINE.

Mais, ma tante...

CLÉMENTINE.

Vous le voyez, son émotion la trahit ! (Coupant la parole à Pauline qui veut répliquer.) Tu es charmante. (Montrant Massias, qui entre par le fond.) Monsieur Massias... (Bas à Isidore.) Em-

* Pauline, Clémentine, Félix, Isidore.
** Pauline, Clémentine, Isidore, Félix.

menons Félix; quand il sera seul avec nous, nous le déciderons.

ISIDORE, prenant brusquement le bras de Félix.

Viens faire un tour, j'ai besoin d'air.

FÉLIX, voulant rester.

Mais je suis fatigué, moi.

CLÉMENTINE, prenant l'autre bras de Félix.

Vous nous aimez trop pour nous faire de la peine. (Ils entraînent Félix, en parlant haut et vivement, tandis que Massias s'est approché de Pauline.)

SCÈNE X

MASSIAS et PAULINE.

PAULINE, traversant à droite.

Mais c'est affreux! ils vont décider mon père à ce mariage.

MASSIAS.

Quel mariage?

PAULINE.

Mon mariage avec Célestin! Croiriez-vous qu'ils veulent me le faire épouser?

MASSIAS.

Je le crois très-bien. Ils sont capables de tout.

PAULINE.

Que faire alors, monsieur Massias? que devenir? donnez-moi un conseil!...

MASSIAS.

Devenez la femme de Célestin!

PAULINE.

Oh! jamais!...

MASSIAS.

Pourquoi cela?

PAULINE.

Parce que je ne l'aime pas, tiens!

MASSIAS.

Qu'en savez-vous?

PAULINE.

Comment?

MASSIAS.

Sans doute, pour savoir que vous n'aimez pas, il **faut** d'abord savoir ce que c'est qu'aimer!

PAULINE, vivement.

Mais, je le sais! monsieur Massias... (Elle s'arrête **confuse**.)

MASSIAS.

En vérité?... et qui aimez-vous?

PAULINE.

Vous le savez bien!

MASSIAS.

Je ne m'en doute pas.

PAULINE.

Vous êtes un méchant.

MASSIAS.

Moi... la bonté même!

PAULINE.

Au lieu de me venir en aide, vous me taquinez!

MASSIAS.

Vous ne voulez pas m'apprendre votre secret?

PAULINE.

Vous le savez!

MASSIAS.

Je ne sais que les choses qu'on me dit... Voyons, **qui** aimez-vous?

PAULINE.

J'aime... oh! c'est très-difficile à dire.

MASSIAS, regardant au fond, à droite.

Au lieu de le nommer, préférez-vous le montrer?

PAULINE.

Oui!

MASSIAS, l'emmenant au fond.

Est-ce ce jeune homme qui se promène d'un air rê-
veur dans le jardin?

PAULINE.

Où ça?

MASSIAS, la plaçant du côté de Lucien.

Là! vous n'avez pas vu?

PAULINE, se retournant vivement.

Je n'ai vu que Lucien.

MASSIAS.

Eh bien?

PAULINE.

Eh bien! oui... mais ne lui dites pas!

MASSIAS, descendant en scène.

Jamais... Je le jure... mais dites-le-lui.

PAULINE.

Oh! non! pourquoi faire?

MASSIAS.

Pour qu'il le sache.

PAULINE.

Oh! il le sait bien!

MASSIAS.

Vraiment! et vous, savez-vous s'il vous aime?

PAULINE, très-bas.

Je le crois!

MASSIAS.

Il ne vous l'a jamais dit?

PAULINE, soupirant.

Jamais!

MASSIAS.

Il faut qu'il le dise, alors!

PAULINE.

Je ne demande pas mieux... monsieur Massias, mais
comment faire?

MASSIAS.

Vous allez voir... (Il va vers la porte du jardin et il appelle.) Lucien!... Lucien!

PAULINE, se sauvant à gauche. *

Ah! mon Dieu!

LUCIEN, du dehors.

Plaît-il?

MASSIAS, revenant près de Pauline.

Laissez-moi faire, et approuvez tout ce que je dirai.

SCÈNE XI

PAULINE, MASSIAS, LUCIEN. **

LUCIEN, s'approchant.

Vous m'appelez... Tu es donc enfin fatiguée, Pauline?

MASSIAS, entre Lucien et Pauline.

Est-ce qu'on est jamais fatigué quand on est heureux?

LUCIEN.

Tu es heureuse!

MASSIAS, bas à Pauline.

Dites oui!

* Pauline, Massias.
** Pauline, Massias, Lucien.

PAULINE.

Oui, très-heureuse!...

LUCIEN.

Peut-on savoir ce qui te cause tant de bonheur?

PAULINE, bas à Massias.

Pourquoi suis-je heureuse?

MASSIAS.

Ah! c'est qu'une question toujours importante pour une jeune fille vient de se décider!...

LUCIEN.

Quelle question?

MASSIAS.

Le mariage de mademoiselle!

LUCIEN.

Ton mariage?

MASSIAS, bas à Pauline.

Soupirez avec joie. (Pauline soupire.)

LUCIEN

Et qui épouses-tu?

MASSIA

Le plus jeune des Girodot!

LUCIEN.

Célestin!

MASSIAS.

Lui-même!

PAULINE.

Mon Dieu... oui!

MASSIAS, bas à Pauline.

Très-bien! ce mon Dieu oui est en situation

LUCIEN.

Ce mariage-là a été brusquement décidé.

MASSIAS.

Il se complotait depuis quelque temps entre les grands parents; mais, aujourd'hui, on a profité de cette réunion de famille, et tout s'est conclu.

LUCIEN.

Vraiment! tout s'est conclu sans le consentement de Pauline?

MASSIAS.

Mais elle l'a donné.

LUCIEN.

Non pas!

MASSIAS.

Comment, non pas?

LUCIEN.

Sans doute... Célestin peut avoir demandé la main de Pauline, mon cousin Félix peut la lui avoir fait espérer, mais Pauline n'a rien promis, j'en réponds.

MASSIAS.

Pourquoi cela?

LUCIEN.

Pourquoi?... Parce que Pauline m'aime!

MASSIAS.

Est-ce vrai, mademoiselle, ce que dit Lucien?

PAULINE, très-bas.

Lucien ne sait pas mentir.

MASSIAS.

Voici un premier point établi, passons au second. (A Lucien.) A votre tour, vous maintenant, aimez-vous Pauline?

LUCIEN.

Si je l'aime!... mais puisque devant vous... j'ai demandé sa main à son père...

PAULINE.

Tu as demandé ma main... et qu'a répondu mon père?

LUCIEN.

Interroge monsieur Massias !

PAULINE.

Dites vite !... dites-vite ! monsieur Massias !

MASSIAS.

Pardon, pardon !... à mon âge on ne se presse jamais (Il prend lentement une prise et présente sa tabatière à Pauline.) Eh bien, on a répondu une chose bien simple, « que Lucien n'avait pas de position, Pauline pas de dot, qu'on ne pouvait pas se marier comme des petit saint Jean, et qu'il fallait attendre ! »

PAULINE.

Attendre !... et pendant ce temps Célestin demande ma main, et on promet ma main à Célestin.

MASSIAS.

Soit !... Mais maintenant que vous êtes d'accord tous les deux, il faut empêcher de tenir ce qu'on a promis ?... Est-ce entendu?

PAULINE.

C'est entendu... jurons !... (Elle tend la main.)

LUCIEN, l'imitant.

Jurons !

MASSIAS, de même.

Jurons... quoi?

PAULINE.

Oui, quoi?

LUCIEN, à Pauline.

Je jure que je t'aime !

MASSIAS.

C'est pour vous dire cela que vous me faites étendre la main? Ah! (Il s'éloigne à gauche.)*

PAULINE, le retenant.

Non, non! restez!... Nous jurons que, quoi qu'il arrive, nous nous marierons!

MASSIAS.

Tous les trois?...

PAULINE.

Non, tous les deux!...

HORTENSE, qui vient d'apparaître à droite.

Clémentine ne me trompait pas. (Elle s'avance.)

SCÈNE XII

MASSIAS, PAULINE, HORTENSE, LUCIEN.

HORTENSE.

A la bonne heure! je suis heureuse que des nœuds si doux se contractent chez moi, qu'on ait choisi ce salon pour y échanger de si jolis serments. (A Lucien.) Mon cher cousin, l'idée est tout à fait délicate, et je vous remercie cordialement.

LUCIEN.

Mais...

HORTENSE, l'interrompant.

Je vous remercie, vous dis-je!

PAULINE, bas à Massias.

Comme elle dit cela... qu'a-t-elle donc?

MASSIAS, voulant emmener Pauline.

Rien... venez...

* Massias, Pauline, Lucien.

HORTENSE, arrêtant Pauline.

Chère Pauline, permettez-moi de vous adresser mes plus sincères félicitations ; Lucien est un homme charmant qui vous rendra fort heureuse, je puis le garantir.

LUCIEN, bas.

Hortense! de grâce!...

HORTENSE.

Qu'avez-vous donc? je fais votre éloge... (A Pauline.) Il vous apportera en dot un jugement sain, un tact exquis, infiniment d'esprit et surtout un cœur... un cœur qui n'a jamais aimé.

LUCIEN.

Madame!...

HORTENSE.

Monsieur!... (Ils parlent bas avec animation.)

PAULINE, à Massias.

Pourquoi cette ironie... cette colère? qu'est-ce que cela peut lui faire que j'épouse Lucien... pourquoi Lucien lui parle-t-il bas? (Elle veut s'approcher.)

MASSIAS, la retenant.

Cela ne vous regarde pas, mon enfant.

HORTENSE, bas.

Vous l'aimez donc bien? (Haut.) J'ai adressé mes compliments à Pauline, mon cher cousin, mais j'ai oublié de vous les faire, croyez à leur sincérité!... Enfin, vous voilà riche!...

LUCIEN et PAULINE.

Riche!...

HORTENSE.

Sans doute! grâce à ce mariage, Pauline n'héritera-t-elle pas de notre oncle? Ma chère petite cousine se trouve avoir en ce moment trois voix pour l'élection qui se prépare : la sienne, celle de son père et la vôtre, mon cher Lucien ; pour peu qu'elle en rencontre encore une ou deux autres d'occasion, elle obtiendra une majorité très-respectable.

LUCIEN.

Madame !

PAULINE.

Oh ! m'accuser !

HORTENSE.

Qu'avez-vous donc tous les deux ? Ai-je dit quelque chose d'extraordinaire ? A la veille d'une élection, n'est-il pas de bonne politique de contracter le plus d'alliances possible ? Mon Dieu, nous ne sommes pas réunis ici pour autre chose.

PAULINE.

Mais c'est indigne, monsieur Massias, c'est indigne !

MASSIAS.

Ne faites pas attention, c'est une femme qui souffre !

PAULINE.

Pourquoi souffre-t-elle ?

MASSIAS, embarrassé.

Elle a la migraine.

LUCIEN, qui parle bas à Hortense.

Oui, lorsque tout à l'heure vous avez bien voulu me montrer quelque intérêt, je n'ai point paru vous soupçonner de penser au vote de demain.

HORTENSE, à haute voix.

Je suis assez riche pour être au-dessus du tout soupçon de ce genre.

LUCIEN.

Et Pauline est trop pure pour qu'on puisse l'accuser du moindre calcul ; elle a eu cependant un fâcheux exemple sous les yeux, puisqu'elle a assisté à un mariage dicté par d'autres raisons que l'amour.

HORTENSE.

Soit! mais c'est assez d'un mariage de ce genre dans notre famille. J'empêcherai celui-ci. (Elle passe à l'extrême droite.)

PAULINE, s'avançant.

C'est inutile, madame, car c'est moi qui refuse d'épouser Lucien. (Apercevant Félix, qui entre par la droite.) Ah! mon père! (Elle court à lui tandis que le reste de la famille, prêt à partir, entre en scène.)

SCÈNE XIII

LES MÊMES, TOUTE LA FAMILLE.

MASSIAS, retenant Lucien, qui veut joindre Pauline.

Laissez, laissez...

LUCIEN.

Cependant je ne veux pas renoncer à sa main.

MASSIAS.

Elle vous la refusera tant qu'on pourra l'accuser d'intrigue; laissez-la défendre son honneur comme elle l'entend. Venez dire adieu avec moi aux maîtres de la maison. (Ils s'approchent d'Hortense et la saluent.)

LEHUCHOIR, regardant sa montre.

Mes chers parents, vous n'avez plus que cinq minutes.

ISIDORE, entraînant Clémentine.

Allons, allons, viens, nous allons manquer le convoi.*

FÉLIX.

Pourquoi prendre le chemin de fer? en nous serrant

---

* Langlumeau, Célestin, Clémentine, Isidore, près du divan; Lehuchoir, Massias, au fond; Félix, Pauline, Lucien, au second plan; Hortense à l'extrême droite.

un peu, nous pourrions vous faire deux places dans la
voiture qui nous a conduits.

ISIDORE.

Merci, j'aime mieux dépenser quarante sous et n'a-
voir d'obligation à personne.

MASSIAS, à part.

Quel beau trait!... Ah! j'y suis, il a pris d'avance ses
billets de retour.

ISIDORE, à Clémentine.

Comment est-il permis que dans la même famille on
voie un frère aller en chemin de fer, tandis que l'autre
va en remise!...

CLÉMENTINE.

Mon pauvre Isidore, il y a dans ce bas monde des in-
famies qu'il faut savoir regarder avec résignation.

LEHUCHOIR, regardant sa montre.

Allons! allons!...

ISIDORE.

Célestin, suivez votre famille sur la voie ferrée. (Ils sortent. Célestin les suit en donnant le bras à Pauline. Félix et Lucien sortent
après eux, accompagnés de Lehuchoir et d'Hortense qui reconduisent leurs
hôtes.)

MASSIAS, à Langlumeau, qui sort.

Pays... si cette belle terre du Clousieq vous appartient,
vous m'abandonnerez bien un petit carré pour m'y
faire enterrer?

LANGLUMEAU.

Avec plaisir.

MASSIAS, lui serrant la main.

Merci.

LEHUCHOIR, du fond.

Mais vous allez manquer le chemin de fer... (Ils sortent
précipitamment. Lehuchoir les reconduit.)

5.

SCÈNE XIV

HORTENSE, puis LEHUCHOIR.

HORTENSE.

Lucien est parti avec elle !

LEHUCHOIR, qui entre dans le salon en se frottant les mains.

Allons, bon voyage! Je les ai emballés. (S'approchant vivement d'Hortense.) Eh bien, as-tu la voix de Lucien?

HORTENSE, avec humeur et vivement.

Eh! monsieur, avant de lui demander sa voix, il faudrait d'abord le décider à ne pas la donner à Pauline, qu'il aime et qu'il épouse.

LEHUCHOIR, très-étonné.

Qu'il épouse! Que dis-tu là? Mais Pauline n'a pas de dot, Lucien n'a pas de position; ce mariage est impossible...

HORTENSE.

Il est possible, s'ils héritent...

LEHUCHOIR.

S'ils héritent... mais il faut les en empêcher...

HORTENSE, vivement.

Comment?

LEHUCHOIR, de même.

En héritant nous-mêmes.

HORTENSE, plus vite.

Que faire pour cela?

LEHUCHOIR.

Obtenir une quatrième voix.

HORTENSE.

Laquelle?

LEHUCHOIR.

Je ne sais... celle de Célestin, par exemple.

HORTENSE, traversant rapidement à droite.

Célestin! il votera pour son père...

LEHUCHOIR.

Il votera pour nous si tu sais t'y prendre.

HORTENSE, à part, sur le devant de la scène à droite.

J'hériterai... Lucien n'épousera pas Pauline. (Haut, allant à son mari.) Soit! j'aurai la voix de Célestin.

LEHUCHOIR, enchanté.

A la bonne heure! séparer un fils de son père, ce sera sublime. (Il reste avec sa femme dans son appartement à droite. — Le rideau baisse.)

FIN DU DEUXIÈME ACTE

ACTE TROISIÈME

Un salon chez le notaire. Ameublement sérieux. Bibliothèque à droite et à gauche au second plan. Au fond une porte constamment ouverte donnant sur un cabinet de travail. Une petite table ronde à droite au second plan. Un petit secrétaire à gauche près la porte du fond.

SCÈNE PREMIÈRE

PAULINE, FÉLIX, assis à gauche; LUCIEN et CÉLESTIN, au fond du côté gauche; LE NOTAIRE, à la porte du fond; HORTENSE, LEHUCHOIR, assis près de la table à droite; LANGLUMEAU; CLÉMENTINE, assise à droite. (Au lever du rideau, le Notaire est à la porte du fond, attendant Massias. — ISIDORE se promène dans toute la largeur du théâtre.)

LEHUCHOIR, assis près de la table du notaire, face au public.

Eh bien!... monsieur Massias ne viendra pas... Nous n'avons pas besoin de lui, du reste... allons, commençons.

ISIDORE, très-agité.

Oui, oui... commençons. (Il va prendre le notaire, le ramène à la table à droite et se place à sa gauche.

LE NOTAIRE, dépliant des papiers.

Allons, puisque vous le voulez. (A Isidore, qui se presse contre lui pour lire les papiers.) Pardon, monsieur, soyez assez bon pour vous asseoir.

LEHUCHOIR.

Oui, oui, asseyez-vous.

ISIDORE, qui va s'asseoir à l'extrème gauche, près de sa femme.

Ah! ces lenteurs me tueront.

LE NOTAIRE, *debout devant sa table.*

La famille du testateur se compose de neuf héritiers, tous ayant droit de voter. Aussi a-t-on remis entre mes mains neuf bulletins que voici. (*Il va les montrer à Lucien et à Célestin, qui sont au fond à gauche, près du secrétaire.*)

ISIDORE.

Voyons. (*Clémentine le retient.*)

LE NOTAIRE.

Sur ces neuf bulletins, je dois d'abord vous déclarer qu'il en est un qui ne porte aucun nom.

ISIDORE.

Comment, aucun nom?

LE NOTAIRE.

Il est blanc. (*Il montre le bulletin blanc à Félix, qui est assis à gauche.*)

ISIDORE, *allant au notaire.*

Permettez, monsieur le notaire, permettez! l'écriture est sans doute très-fine, mais c'est mon nom qu'on aura voulu mettre.

LE NOTAIRE.

Il n'y a point de trace d'un trait de plume.

ISIDORE, *après avoir regardé, retourne à sa place à l'extrême droite, et se laisse tomber dans un fauteuil.*

Perdre sa voix au lieu de me la donner! Quelle famille! quelle famille!

LEHUCHOIR.

Restent huit voix; comment sont-elles divisées?

LE NOTAIRE.

Elles se réunissent sur deux personnes seulement : madame Hortense Lehuchoir et monsieur Isidore Girodot.

ISIDORE, *bas à Clémentine.*

Pourquoi l'a-t-il nommée en premier?...

LEHUCHOIR.

Eh bien! qui est-ce qui a la majorité?

LANGLUMEAU.

Sainte Anne d'Auray, protége-moi!

CELESTIN, vivement.

O mes créanciers, priez pour moi!...

LE NOTAIRE, retournant à sa table.

Monsieur Isidore Girodot a deux voix.

ISIDORE.

Neuf voix, vous voulez dire, neuf?...

LE NOTAIRE.

Non, deux voix, et madame Hortense Lehuchoir en a six.

ISIDORE.

Ciel! (Il se laisse tomber dans les bras de Clémentine.)

LEHUCHOIR.

Adjugé le million et demi!

LANGLUMEAU.

Le Clousicq est à moi! (Une grande agitation règne parmi les assistants. Clémentine frappe dans les mains d'Isidore, qui semble évanoui.)

LE NOTAIRE, traversant la scène et allant alternativement à tous les personnages, en commençant par ceux qui sont à gauche du spectateur.

Maintenant, mesdames et messieurs, il ne me reste plus qu'à vous prier de venir signer, dans mon cabinet, le procès-verbal du vote.

LANGLUMEAU et CELESTIN.

Allons signer. (Tout le monde se dirige vers le fond.)

LEHUCHOIR, prenant le bras de sa femme.

Viens signer. J'espère que tu dois être ravie.

HORTENSE, soupirant et se retournant vers Pauline et Lucien, qu'elle regarde du seuil de la porte.

Ils ont voté pour moi!

LEBUCHOIR, revenant prendre le bras d'Hortense.

Viens donc... (Ils sortent.)

CÉLESTIN, entraînant Lucien.

Cinq louis de plus, tu me sauves la vie... tu me sauves
la vie !...

LE NOTAIRE, du cabinet extérieur.

Messieurs ?... (Il fait passer Célestin et Lucien devant lui et les suit.)

SCÈNE II

CLÉMENTINE, ISIDORE.

CLÉMENTINE, qui continue de frapper dans les mains d'Isidore,

Mon ami... mon ami... reviens à toi.

ISIDORE, repoussant tout à coup Clémentine et courant à la porte du
fond.*

C'est impossible !... c'est impossible !... il y a erreur...
monsieur le notaire !... deux voix... monsieur le notaire !
C'est impossible, puisque nous sommes trois, Célestin, ma
femme et moi. (Réfléchissant.) Ciel ! (Prenant sa femme par le bras et
la conduisant sur le devant du théâtre.) Malheureuse ! tu m'as trahi !

CLÉMENTINE.

Moi ?

ISIDORE.

Oui, toi !

CLÉMENTINE.

Dans quel but, je te prie ?

ISIDORE.

Je ne sais pas, mais tu as dû me trahir.

CLÉMENTINE, haussant les épaules.

Voyons, Isidore, calme-toi, de grâce.

* Isidore, Clémentine.

ISIDORE, au comble de l'exaspération.

Non, je ne veux pas me calmer. (Secouant le bras de Clémentine.) Oui, c'est toi qui m'as trahi ; toi, qui as vécu vingt ans du pain que je gagnais par mon travail ; toi, qui as passé vingt ans à m'aigrir le caractère par ton humeur acariâtre, à remplir mon cœur du fiel qui gonflait le tien !

CLÉMENTINE, avec componction.

Du fiel dans mon cœur ! moi qui demande tous les jours au ciel le bonheur de mes ennemis.

ISIDORE.

Oh ! il ne faut pas m'en conter à moi ; je te connais, sainte n'y touche !

CLÉMENTINE.

Sainte n'y touche ! sainte n'y touche, moi !

ISIDORE.

Oui, toi ! oui, toi !

CLÉMENTINE.

Soit, mon ami, accable-moi ; j'aurai fait mon purgatoire sur la terre.

ISIDORE.

Ce qui ne t'empêchera pas d'aller tout droit en enfer ! C'est ainsi que sont punies les femmes qui trompent leurs maris !

CLÉMENTINE.

Je t'ai trompé, moi !... quand ? avec qui ?

ISIDORE.

Oh ! tu m'entends bien... tu sais que te ne parle pas de cela. * Beau mérite que tu as eu à rester vertueuse !

* Clémentine, Isidore.

CLÉMENTINE.

Mais, certainement!...

ISIDORE.

Allons donc!... Personne ne t'a jamais fait la cour.

CLÉMENTINE, piquée.

Ah! vous croyez!

ISIDORE.

On t'a fait la cour?... alors, pour la rareté du fait, tu as dû te laisser éblouir... Tu m'as déshonoré!... A genoux! femme criminelle et adultère!

CLÉMENTINE.

Mais, Isidore, tu perds la tête, cette élection te rend fou!... je te jure que j'ai voté pour toi... ce n'est pas moi qui t'ai trahi!

ISIDORE.

Qui, alors?... Qui?...

CLÉMENTINE.

Je ne sais pas... mais...

ISIDORE.

Voudrais-tu dire que lui?... lui, mon fils!... pourquoi pas?... tout est possible dans ma famille. (Courant à Célestin qui vient d'apparaître au fond et l'entraînant sur le devant du théâtre.)

SCÈNE III

CLÉMENTINE, CÉLESTIN, ISIDORE.

ISIDORE, secouant Célestin.

Misérable!... tu as vendu ton père!

(Clémentine veut défendre son fils, et l'entraîne avec force du côté gauche).

CÉLESTIN, tiraillé des deux côtés.

Maman, vous m'étouffez!... vous m'étouffez!... Ah! permettez... permettez!... ne me secouez pas comme ça!

ISIDORE.

Si fait, je te secouerai tant que tu ne m'auras pas avoué ton crime.

CÉLESTIN.

Quel crime?

ISIDORE.

Tu as voté contre moi!

CÉLESTIN.

Eh bien! c'est vrai... lâchez-moi, maintenant.

ISIDORE.

Tu l'avoues... il ose l'avouer... ô honte!

CLÉMENTINE.

Ah! Célestin, c'est mal ce que tu as fait là!

CÉLESTIN.

Pourquoi cela?... chacun n'était-il pas libre de voter pour qui il lui plairait?...

ISIDORE.

Et il t'a plu d'enrichir Lehuchoir... de me ruiner!...

CÉLESTIN.

Permettez, mon père...

ISIDORE.

Je ne suis plus ton père! je te défends de me donner ce nom... je ne veux pas être le père d'un scélérat qui mourra sur l'échafaud!

CLÉMENTINE.

Mais, malheureux enfant, ton intérêt aurait dû te guider, sinon ton cœur.

CÉLESTIN.

Mon intérêt... à quoi cela m'aurait-il avancé, je vous prie, que mon père eût treize cent quatre-vingt mille francs de plus?

ISIDORE.

Tais-toi... tais-toi... je te défends de prononcer ce chiffre devant moi!

CÉLESTIN.

Aurait-il pour cela augmenté ma pension?

ISIDORE.

Non, certes! il est de ma dignité de ne pas nourrir tes vices.

CÉLESTIN.

Aurait-il payé un sou de mes dettes?...

ISIDORE.

Jamais! c'eût été t'encourager à en faire de nouvelles.

CÉLESTIN.

Vous le voyez!... Au moins, maintenant, si on me met à Clichy, je n'aurai pas le crève-cœur de penser que mon père peut m'en retirer et qu'il m'y laisse.

CLÉMENTINE.

Mais, mon fils, notre fortune ne doit-elle pas te revenir un jour?

CÉLESTIN.

Mais, j'espère bien ne jamais devenir votre héritier!

ISIDORE.

Oh! non, tu peux en être certain!... que je te survive ou que tu m'enterres, tu ne verras jamais la couleur de mes écus, je te le jure! (Il remonte.)* A partir de demain, je mets en viager mes économies, mes pauvres petites rentes!... et, quand je ne serai plus, tu mourras sur la paille! (Le secouant.) Sur la paille! entends-tu?

CÉLESTIN.

J'entends bien! tout à l'heure, c'était sur l'échafaud

____

* Clémentine, Isidore, Célestin.

que je devais mourir; maintenant, c'est sur la paille...
J'aime mieux ça!

ISIDORE.

Tu goguenardes, je crois?... tu oses goguenarder?

CÉLESTIN.

Pas du tout! je me réjouis seulement à la pensée que
je vous aurai rendu le bien pour le mal, et que si vous
me déshéritez, moi, du moins, je vous ferai goûter un
peu de bien-être sur la fin de votre carrière.

ISIDORE.

Du bien-être! tu appelles me faire goûter du bien-
être, m'enlever un héritage comme celui de l'oncle César?

CÉLESTIN.

Vous ne pouviez l'avoir.

ISIDORE.

Pourquoi?

CÉLESTIN.

Parce qu'il eût fallu faire des sacrifices pour obtenir
plusieurs voix, et que vous n'avez pu vous y décider.

ISIDORE.

Il aurait dû au moins me rester les voix de mon
frère et de mon fils, s'ils eussent compris leur devoir.

CÉLESTIN.

Il était imprudent de compter sur l'oncle Félix... il
est trop indécis pour prendre un parti; aussi a-t-il mis
dans l'urne un bulletin blanc.

ISIDORE.

Ah! c'est lui! je m'en doutais... c'est bon, c'est bon,
il me payera cela. (Il passe à l'extrême gauche.) *

* Isidore, Clémentine, Célestin.

CÉLESTIN.

Quant à moi, persuadé que vous n'hériteriez pas des treize cent quatre vingt mille francs...

ISIDORE.

Encore!...

CÉLESTIN.

J'ai voulu du moins que vous en eussiez une partie.

CLÉMENTINE.

Une partie?

ISIDORE.

Qu'entends-tu par là?

CÉLESTIN.

Sans doute; vous pensez bien que je n'ai pas donné ma voix à Lehuchoir pour ses beaux yeux; je l'ai échangée contre deux cents... (Se reprenant.) cent cinquante mille francs...

ISIDORE.

Cent cinquante mille francs!... contre cent cinquante mille francs!... Tu as fait cela, toi?

CÉLESTIN.

Mon Dieu, oui! moi tout seul!

ISIDORE, allant à son fils. *

Alors, donne-moi cet argent, il m'appartient.

CÉLESTIN.

Ah! permettez...

ISIDORE.

Refuserais-tu de reconnaître mon autorité?...ne suis-je pas ton père?...

CÉLESTIN.

Il a été stipulé qu'on ne remettrait la somme qu'à moi...

* Clémentine, Isidore, Célestin.

ISIDORE.

C'est ce que nous verrons.

CÉLESTIN.

Mais si vous aviez quelques dettes, mon père, je serais
enchanté de les payer.

ISIDORE.

Je n'ai pas de dettes, monsieur... je ne suis pas un pa-
nier percé comme vous... je n'ai jamais dû pendant
une heure un port de lettre à mon concierge.

CÉLESTIN.

Alors, s'il vous plaisait de quitter votre bureau et de
devenir rentier, je m'empresserais de vous assurer de
quoi vivre à votre aise.

ISIDORE.

Et tu crois que je consentirais à ce qu'un fils tienne
les cordons de la bourse de son père ?

CÉLESTIN.

Pourquoi pas?... s'il sait les dénouer à propos.

ISIDORE.

Non, non! ce serait immoral!... ces cent cinquante
mille francs doivent m'être remis, et, si l'on refuse, je
m'adresserai aux tribunaux... je te ferai interdire... la
loi protége les pères de famille!

CÉLESTIN.

Pardon, ce sont les fils qu'elle protége; les pères se
protégent eux-mêmes.

ISIDORE.

Et je me suis ruiné pour lui faire faire son droit !

SCÈNE IV

Les Mêmes, FÉLIX.

FÉLIX, dans le fond.

Isidore, Clémentine, on n'attend plus que vos signatures.

ISIDORE, se retournant et amenant son frère sur l'avant-scène.

Ah! te voilà, toi! arrive un peu, que je te parle!

CÉLESTIN, entraînant sa mère au dehors.

La bombe va éclater, retirons-nous.

FÉLIX. *

Que veux-tu?

ISIDORE.

Je veux savoir pourquoi tu as mis dans l'urne un billet blanc.

FÉLIX.

Mais qui t'a dit?...

ISIDORE.

Quel autre que toi se fût amusé à perdre sa voix? Tu ne pouvais pas me la donner, n'est-ce pas?

FÉLIX.

Écoute, Isidore...

ISIDORE.

Je n'ai pas besoin de t'écouter, je sais à quoi m'en tenir : tu as eu peur de me voir devenir riche, parce que alors tu n'aurais plus joui de ta supériorité sur moi! C'est un bonheur que tu savoures à longs traits depuis que nous sommes au monde.

FÉLIX.

Mais la colère t'égare; quels affreux sentiments me prêtes-tu là?...

* Félix, Isidore.

ISIDORE.

Je dis ce qui est! Ah! tu ne sais pas tout ce que tu
m'as fait souffrir depuis que je suis né!

FÉLIX.

Moi ?

ISIDORE.

Toi, oui, toi! quand nous étions petits, chacun t'em-
brassait, te caressait, te gâtait; moi, on me trouvait
laid, grognon... on me laissait dans mon coin. Au collége, la même injustice; à toi, tous les prix; à moi, tous
les pensums. Et plus tard, dans le monde, chacun me
disait : Prends modèle sur ton frère, sois sage comme
ton frère... sois gentil comme ton frère... Ton frère,
ton frère, toujours ton frère!

FÉLIX.

Est-ce ma faute, à moi?

ISIDORE.

Laisse-moi parler. Nous avons continué comme nous
avions commencé. Tu es sorti le premier de l'école nor-
male; moi, je n'ai jamais pu passer même mon bacca-
lauréat ès lettres. Tu es devenu un savant dont tous les
journaux s'entretiennent; moi, je vis ignoré, occupé à
copier des lettres dans un horrible bureau. Nous avons
fait la sottise de nous marier; toi, tu as épousé une fille
que tout le monde trouvait jolie.

FÉLIX.

Pauvre femme! pardonne-lui sa beauté, je l'ai per-
due sitôt !

ISIDORE.

Précisément! Eh bien, moi, j'ai gardé Clémentine, et
tu la connais...

FÉLIX, traversant à droite.

Mais que puis-je faire à cela?

ISIDORE.

Oh! rien ; tu as tout simplement accaparé ma part de
bonheur ; tu m'as pris l'affection de mes parents, les
caresses de nos amis, les éloges de nos maîtres, les succès que j'aurais dû avoir dans le monde, tu m'as volé
ma place au soleil ! Voilà tout, mon Dieu ! voilà tout !

FÉLIX.

Mais, voyons, n'ai-je pas toujours été bon pour toi ?

ISIDORE.

En effet, tu as daigné m'humilier de ta compassion ;
quand tu m'as vu mourant de faim, tu m'as jeté ton au-
mône, non par pitié pour moi, mais parce que je por-
tais ton nom..... Oui, tu m'as comblé de tes bienfaits,
mais puisque tu me les reproches, nous sommes quittes.

FÉLIX.

Malheureux !... Décidément tu n'as pas de cœur ! (Il
va s'asseoir à droite.)

ISIDORE, qui avait gagné le fond, se retournant.

Insulte-moi, maintenant... il ne manquait plus que
cela. (Il s'éloigne.)

FÉLIX, se levant.

Isidore... Isidore !

ISIDORE, s'éloignant à l'extrême gauche.

Laisse-moi ! je n'ai plus de femme, je n'ai plus de
fils, je n'ai plus de frère, je n'ai plus de famille, je suis
un paria !... un paria !... (Il disparaît par la porte latérale à droite.)

FÉLIX.

Isidore ! mon frère ! j'ai eu tort... Mon frère !.. (Il court
après lui et sort.)

6

SCÈNE V

PAULINE, LUCIEN; puis HORTENSE.

LUCIEN, poursuivant Pauline, qui le fuit.

Pauline, de grâce, écoute-moi... Depuis la journée que nous avons passée à la campagne de monsieur Le-huchoir, toutes les fois que je me suis présenté chez ton père, tu as prétexté quelque migraine pour ne pas quitter ta chambre, et je n'ai pu avoir aucune explication avec toi. La froideur que tu me montres succédant à l'amitié que tu voulais bien me témoigner, m'a vivement affecté, mais j'ai cru comprendre le motif qui te faisait agir ainsi, et si j'ai souffert, je ne t'ai point blâmée !

HORTENSE, qui vient d'entrer.

Que lui dit-il ?... (Elle reste à l'écart, à droite, et assiste à cette scène sans être vue. *)

LUCIEN, à Pauline.

Accusée par ta cousine de pensées cupides, de vues intéressées, tu as voulu lui prouver qu'elle avait été injuste envers toi, tu as bien fait, mais aujourd'hui le vote a eu lieu ; loin d'avoir hérité, nous avons eu, toi et moi, la même pensée, celle de voter pour Hortense, et de lui donner cette fortune qu'elle te reprochait de convoiter.

HORTENSE, à part.

Voilà comme ils se sont vengés !

LUCIEN.

Aucun soupçon ne peut plus désormais t'atteindre ; rends-moi donc ton amitié, qui m'est si précieuse, et

---

* Pauline, Lucien, Hortense, au fond à droite.

qui semble s'être retirée de moi. Tu ne réponds pas, tu
te détournes. Qu'as-tu donc? que t'ai-je fait?

PAULINE, allant s'asseoir à gauche.

Oh! bien du mal; j'ai le cœur bien gros, Lucien.

LUCIEN.

Pourquoi? Voyons, parle, Pauline, parle, je t'en con-
jure; n'ai-je plus même droit à ta confiance?

PAULINE.

Hé bien...

LUCIEN.

Hé bien?...

PAULINE.

Tu ne m'aimes pas, Lucien, tu aimes Hortense.

LUCIEN.

Moi? qui te fait penser...

PAULINE.

Oh! je sais ce que je dis, je ne suis plus une petite fille,
je comprends bien des choses. J'ai beaucoup réfléchi au
sujet de ce qui s'est passé entre Hortense et nous. Ma
cousine a été bien mauvaise pour moi, mais je ne sau-
rais être injuste envers elle, je la connais, elle est
grande et généreuse plutôt qu'intéressée... Ce n'est
point la crainte de me voir hériter qui l'a poussée à me
faire cette vilaine scène qui m'a tant affligée.

HORTENSE.

Comme elle me juge.

PAULINE.

C'est le dépit qu'elle a éprouvé à t'entendre me parler
d'amour.

LUCIEN.

Mais Pauline...

PAULINE, vivement.

Me diras-tu qu'elle ne t'a pas aimé ?

LUCIEN, s'éloignant d'elle.

Mais... je ne sais...

PAULINE.

Et toi, ne l'as-tu jamais aimée? (Se levant.) Réponds, Lucien, je le veux... je t'en prie.

LUCIEN.

Eh bien! puisque tu l'exiges... oui, Pauline, j'ai aimé Hortense.

PAULINE.

Beaucoup ?

LUCIEN, à voix basse.

Beaucoup.

(Hortense gagne le milieu, mais reste toujours au fond.)

PAULINE.

Et maintenant, l'aimes-tu toujours?

HORTENSE, s'élançant vers Lucien. *

Ne répondez pas. (A Pauline.) Non, il ne m'aime plus, il me l'a dit... c'est toi seule qu'il aime, je te le jure. Rends-lui toute ton affection, Pauline, il mérite d'être heureux dans le présent, puisqu'il a su respecter le passé.

LUCIEN.

Ma cousine !

HORTENSE.

Je ne suis plus votre cousine, Lucien, c'est trop dangereux; je suis votre sœur. (Haut à Lucien.) Voulez-vous me tendre votre main, mon frère?

LUCIEN.

Volontiers.

* Pauline, Hortense, Lucien.

HORTENSE.

Et toi, Pauline?

(Pauline, hésitant un instant, puis prenant une résolution énergique, donne
sa main à Hortense sans proférer un seul mot.)

HORTENSE, joignant leurs mains.

Vous ne me refuserez pas le plaisir de vous donner…
à vous, Lucien, une femme; à toi, Pauline, un mari,
vous qui m'avez donné une fortune.

LUCIEN.

Quoi, vous savez?…

HORTENSE.

Je sais de quelle façon vous vous êtes vengés de celle
qui vous avait offensés, mais je ne puis accepter cet héritage, il est mal acquis; je veux le restituer à ceux qui
en ont plus besoin que moi.

LUCIEN.

Hélas! vous oubliez que vous êtes en puissance de
mari, et monsieur Lehuchoir ne vous permettra pas de
renoncer à vos droits.

HORTENSE.

Nous verrons bien. (Apercevant Massias qui entre par la porte
latérale de droite.) D'abord, monsieur Massias, que voici, va
me venir en aide.

<h2 align="center">SCÈNE VI</h2>

Les Mêmes, MASSIAS, venant par la porte latérale à droite. *

MASSIAS.

De quoi s'agit-il, chère madame? je suis à votre ser-
vice.

* Pauline, Hortense, Massias, Lucien.

HORTENSE.

L'élection a eu lieu.

MASSIAS.

Ah! je regrette de n'avoir pas assisté à ce petit spectacle; mais j'espère que tout n'est pas terminé. (Se frottant les mains.) Et qui a obtenu le plus de voix?

HORTENSE.

Moi!

MASSIAS.

Vraiment! Acceptez tous mes compliments! Et ce pauvre monsieur Isidore, comment a-t-il supporté ce coup-là? Où est-il?... Je voudrais verser quelques larmes avec lui!

HORTENSE.

Si vous êtes méchant, nous ne pourrons pas nous entendre; nous sommes tous bons ici.

MASSIAS.

Tous les trois?

HORTENSE.

Tous les trois; oui, monsieur, même moi.

MASSIAS.

A la bonne heure, l'enfant prodigue nous est revenu; j'étais sûr qu'il n'irait pas loin... Allons, la contagion m'a gagné; je suis bon aussi... parlez.

HORTENSE.

Je ne veux pas conserver la fortune qui vient de m'échoir, que faut-il que je fasse?

MASSIAS.

Priez votre mari de la donner aux pauvres.

HORTENSE, le menaçant.

Encore!

MASSIAS.

Que voulez-vous, l'habitude; à mon âge on ne se re-
fait pas... Vous n'avez pas confiance dans la grandeur
d'âme de monsieur Lehuchoir, soit! Alors résignez-vous
à garder cette petite fortune.

HORTENSE.

Oh! non. (Voyant Langlumeau entrer dans le salon.) Et puisque
vous ne voulez pas me servir, je m'aiderai moi-même.

SCÈNE VII

**PAULINE, HORTENSE, LEHUCHOIR, FÉLIX,
LE NOTAIRE, ISIDORE, LANGLUMEAU,
CLÉMENTINE, CÉLESTIN, MASSIAS, LUCIEN.**

HORTENSE, s'adressant à Massias, de façon à être entendue par les
arrivants.

Monsieur l'exécuteur testamentaire, une clause du
testament de notre oncle ne vous oblige-t-elle pas à annuler l'élection, s'il vous est prouvé qu'on s'est livré à
quelque intrigue?

LEHUCHOIR, bas.

Ne parle donc pas de cela.

HORTENSE.

Si, monsieur, je veux en parler. Veuillez me répondre, monsieur Massias.

MASSIAS.

En effet, madame, la clause dont vous parlez existe;
mais je suis persuadé que tout s'est passé avec la plus
grande loyauté.

HORTENSE.

Vous vous trompez.

LEHUCHOIR, violemment.

Tais-toi donc!...

ISIDORE, s'interposant.

Laissez-la parler.

LEHUCHOIR, le repoussant.

Allez au diable! vous... (Isidore trébuche et va tomber dans les bras de sa femme et de son fils.)

HORTENSE.

Je n'ai obtenu la voix de Célestin qu'en lui promettant deux cent mille francs.

LEHUCHOIR, bas avec fureur et lui serrant le poignet.

Tu es folle!

HORTENSE, allant à Massias.

Au contraire, monsieur, je viens de recouvrer la raison. *

ISIDORE, bas à Célestin.

Deux cent mille francs, tu entends! tu ne me parlais que de cent cinquante mille, petit scélérat.

HORTENSE.

Quant à monsieur Langlumeau, il n'a consenti à voter pour moi qu'à la condition que lui céderais la terre du Clousicq et ses dépendances.

LEHUCHOIR, très-violemment.

C'est faux!...

ISIDORE, vivement.

C'est vrai!...

LEHUCHOIR.

C'est faux! Tu es folle, entends-tu?... je te ferai enfermer. Où sont les preuves de ce qu'elle avance? (Allant à Langlumeau.) Langlumeau, n'est-ce pas qu'on ne vous a point promis le Clousicq et ses dépendances?

* Lucien, Félix, Pauline, Lehuchoir, Hortense, le Notaire, Langlumeau, Massias, Clémentine, Célestin, Isidore.

LANGLUMEAU.

Oh ! non... je ne me serais pas contenté d'une promesse. J'ai en poche un petit acte bien en règle... que vous avez signé. C'est ainsi qu'on traite les affaires à Pontivy.

LEHUCHOIR

L'imbécile ! (Il revient près de Pauline.)

ISIDORE, très-bruyamment, en allant près du notaire.

Bravo ! bravo ! l'élection est annulée...

LEHUCHOIR, LANGLUMEAU, CÉLESTIN.

Non... non...

CLÉMENTINE.

Si... si...

LEHUCHOIR, furieux.

C'est une infamie !

CLÉMENTINE, allant à Lehuchoir.

Je vous conseille de vous plaindre, vous qui vouliez nous dépouiller ; mais vous en êtes pour vos frais.

LEHUCHOIR, au comble de l'exaspération, s'avançant vers Clémentine.

Oh ! si je ne me retenais... (Clémentine se sauve près de son fils.)

ISIDORE, se plaçant devant elle.

Avant de toucher à ma femme, il faudra me marcher sur le corps. (Il s'avance sur Lehuchoir et le provoque du regard et du geste, puis il retourne près de sa femme.)

MASSIAS, à part, se frottant les mains, en regardant Lehuchoir.

Merci, mon vieil ami César, tu m'as fait faire une curieuse étude. (S'avançant près du groupe de gauche, au second plan, où se trouve Lehuchoir.) Mesdames et messieurs, j'ai à vous faire une légère communication qui a bien sa petite importance.

LEHUCHOIR.

Qu'y a-t-il encore?

MASSIAS, tirant de sa poche une petite enveloppe fermée par un cachet
noir.

Permettez-moi de vous communiquer une petite lettre
que l'oncle César m'a remise un mois avant sa mort.

TOUS.

Une lettre...

LEHUCHOIR, avec humeur.

Qu'est-ce que ça nous fait, votre lettre!

MASSIAS, à Lehuchoir.

Vous allez l'apprendre... Veuillez, je vous prie, lire la
suscription.

LEHUCHOIR, lisant brusquement.

« A mon ami Massias, avec prière expresse de ne bri-
ser ce cachet que devant ma famille réunie, le jour où
elle aura procédé à l'élection de mon héritier.

ISIDORE, allant vivement à Massias.

Eh bien, lisez... lisez.

MASSIAS, donnant la lettre à Isidore.

Lisez vous-même, cher monsieur Isidore... Vous con-
naissez mieux que moi l'écriture de votre oncle.

ISIDORE, à sa femme.

Voyons, quelque chose me dit que je vais hériter (A part.)
tout seul! (Lisant.) « Je craignais que ma nièce Pauline,
dont je désire vivement le bonheur, ne se laissât trom-
per comme moi. Grâce à l'élection que j'ai imaginée,
elle aura eu l'occasion de juger ses chers parents. »

LEHUCHOIR.

Est-ce qu'il va encore nous dire des sottises?

ISIDORE, continuant la lecture.

« Maintenant qu'elle les connait, je donne et lègue ma

fortune tout entière à ma chère nièce Pauline Girodot. »
(Il tombe dans les bras de sa femme qui le fait asseoir à droite, puis il se
relève brusquement et court à Massias en disant.) Et vous m'avez
choisi pour lire ces sottises-là?...

MASSIAS.

J'ignorais le contenu.

LANGLUMEAU, à Massias.

Eh! qu'est-ce que ça nous fait ce chiffon de papier?...
c'est pas un titre.

MASSIAS.

Pardon... c'est un testament olographe.

LANGLUMEAU.

Olo?.....

MASSIAS.

Graphe... et postérieur au premier. Veuillez vous en
convaincre, monsieur le notaire.

LE NOTAIRE, examinant la lettre.

Très en règle.

TOUS, accablés.

Ah!...

CLÉMENTINE, avec un soupir prolongé.

Conserver la même robe!

LEHUCHOIR, même jeu.

Ne pas pouvoir construire!

CÉLESTIN, même jeu.

Des dettes, toujours des dettes!

LANGLUMEAU, même jeu.

Ma pauvre ferme du Clousicq!

ISIDORE, même jeu.

Redevenir employé!

CLÉMENTINE, qui s'est approchée vivement de Pauline et de Lucien,
d'une voix mielleuse et fausse.

Mes chers parents, nous aurions le droit de vous en

vouloir un peu; mais nous avons réfléchi qu'il était juste que cette fortune fût à vous... vous vous êtes donné assez de mal pour la gagner.

PAULINE.

Oh !

LUCIEN.

Qu'entendez-vous par là?

CLÉMENTINE, s'emportant par degré.

Mon Dieu! vous aurez eu plus d'esprit que nous, vous aurez calculé ce qui pouvait séduire notre oncle.

LUCIEN.

Mais, madame...

CLÉMENTINE, sèchement, et avec une colère mal contenue.

Permettez, vous ne pouvez nous empêcher de vous dire ce que nous pensons sur votre compte à tous deux. Vous avez dit assez de mal de nous en arrière à notre oncle, puisqu'il nous déshérite en votre faveur.

CÉLESTIN, ISIDORE, LEHUCHOIR, LANGLUMEAU, en même temps.

C'est clair! c'est certain!

LUCIEN et FÉLIX, s'élançant.

Messieurs...

PAULINE, arrêtant son père et Lucien du geste.

De grâce, mon père... Lucien!... (Elle va vivement à la table sur laquelle le notaire a placé le testament.) Cette succession, je ne l'ai pas désirée autrefois; aujourd'hui, je la refuse. (Elle s'en empare, déchire le testament en deux morceaux, et retourne près de son père.)

TOUS.

Bien, très-bien!

LUCIEN.

Bien, Pauline.

FÉLIX, la serrant sur son cœur.

Bien, ma fille.

CLÉMENTINE.

C'est charmant ce qu'elle a fait là.

LANGLUMEAU et CÉLESTIN.

Charmant !

ISIDORE, regardant Pauline avec admiration.

Qu'elle est belle !.....

LEBUCHOIR, allant au notaire, qui est près de la table.

Alors le premier testament conserve sa valeur.

LANGLUMEAU, à Hortense.

Certainement, et le Clousicq m'appartient.

HORTENSE.

Pardon, pardon... (Au notaire.) Monsieur, est-ce qu'une jeune fille mineure a le droit de refuser un héritage?

LE NOTAIRE.

Pas plus que de l'accepter, madame.

HORTENSE.

Alors le refus de mademoiselle est nul ?

CLÉMENTINE.

Encore faut-il que le testament qui la fait héritière existe, et elle vient de le déchirer.

HORTENSE, remettant au notaire les deux morceaux du testament qu'elle a ramassés en cachette.

Les morceaux en sont peut-être bons ? (Étonnement général.)

MASSIAS.

Excellents !

LANGLUMEAU.

Oh ! décidément ces Parisiennes sont d'un bête ! (Il sort avec humeur par le fond.)

LEBUCHOIR, bas à sa femme qui remonte au fond à gauche.

Vous me payerez tout cela, je vous le jure.

HORTENSE, *remontant au fond à gauche, poursuivie par son mari qui lui fait une scène à voix basse.*

Soit, monsieur.

FÉLIX, *à Pauline.*

Non!... il n'y a plus d'hésitation possible. J'accepte pour toi. Seulement, Isidore est ton oncle, c'est mon frère, je t'autorise à lui offrir deux cent mille francs.

PAULINE, *allant à Isidore qui est à droite.*

Oubliez tous nos débats, mon oncle, et acceptez cette somme.

ISIDORE, *l'embrassant avec transport, en l'entraînant au milieu de la scène.*

Si je l'accepte! Ah! ils valent mieux que nous.

MASSIAS, *regardant Isidore avec étonnement.*

Ciel! quel changement!...

CLÉMENTINE, *allant à Isidore.*

Ainsi nous avons dix mille francs de rentes? (*Retournant à son fils.*) * Ah! mon fils! nous avons dix mille...

CÉLESTIN, *l'interrompant.*

Pour ce qui m'en reviendra...

ISIDORE, *se frottant les mains.*

Dix mille francs!... et mon chef de bureau n'en a que cinq mille... Je veux l'écraser par mon faste... Je prendrai un coupé au mois... pendant quinze jours. — (*La toile tombe.*)

* Lucien, Pauline, Félix, Hortense, Lebuchoir, Massias, le notaire, Isidore, Clémentine, Célestin.

FIN